Walther Hohenester

# Die Dollar-Connection

Originalausgabe – Erstdruck

Walther Hohenester

# Die Dollar-Connection

## Würmtal-Krimi

Kommissar Hofbauers fünfter Fall

Schardt Verlag Oldenburg

Bibliographische Information der Deutschen Bibliothek:

Die Deutsche Bibliothek verzeichnet diese Publikation in *Der Deutschen Nationalbibliografie*; detaillierte bibliographische Daten sind im Internet über *http://dnb.d-nb.de* abrufbar.

Titelbild: Rainer Griese, Troisdorf

1. Auflage 2009


Schardt Verlag
Uhlhornsweg 99 A
26129 Oldenburg
Tel.: 0441-21 77 92 87
Fax: 0441-21 77 92 86
E-Mail: kontakt@schardtverlag.de
www.schardtverlag.de
Herstellung: Fuldaer Verlagsanstalt

ISBN 978-3-89841-477-7

Eugen Warmuths Mörder kam an einem Sonntagabend im Juni.

Ausgestorben lag die kleine Siedlung in der untergehenden Sonne. Keine Autos, keine Radfahrer waren zu sehen, ab und zu ein paar versprengte, hastig nach Hause eilende Fußgänger, das war alles.

Eugen Warmuths Mörder hatte einen idealen Zeitpunkt gewählt. Denn jedermann saß vor den Fernsehapparaten und fieberte dem ersten Sieg der deutschen Elf bei der Fußballeuropameisterschaft entgegen. Deutschland gegen Polen, drei Punkte mussten her, so hatten es die Blätter mit den großen Buchstaben bedingungslos gefordert.

Und alle, alle stimmten zu.

Er fuhr mit dem Aufzug in den achten Stock, drückte die Zigarette aus und warf sie auf den Boden.

»Aller Anfang ist schwer«, murmelte er.

Sein Opfer wohnte vorne, Richtung Fürstenriederstraße, ein ovales Namensschild klebte über dem Briefkastenschlitz.

Der Mörder klingelte.

Als er die tappenden Schritte des alten Mannes hörte, stellte er überrascht fest, dass er zitterte.

Warmuth öffnete die Tür. »Was willst du denn hier?« fragte er verblüfft.

»Darf ich reinkommen?«

»Wenn du meinst.«

Sie gingen ins Wohnzimmer. Auch hier war der Fernsehapparat eingeschaltet, überlaut, es war ein Wunder, dass Warmuth das Klingeln gehört hatte.

*Die deutsche Elf hat einen perfekten Start erwischt, meine Damen und Herren, dieses eins zu null von Lukas Podolski gibt Anlass zur Hoffnung* ... Die Stimme des Reporters klang zufrieden und aufgeregt zugleich.

»Was willst du?« Der alte Mann setzte sich auf das Sofa. »Wir haben verabredet, uns vorerst nicht mehr zu treffen. Hast du das vergessen?«

Der ungebetene Gast ging zum Fenster und sah nach draußen. »Kann man hier die Zugspitze sehen?«

»Bei Föhn allemal. Das ganze Karwendel. Aber du bist gewiss nicht gekommen, um mich nach den Bergen zu fragen.«

Warmuths Mörder schwieg.

*Das gibt Sicherheit und Selbstvertrauen, meine Damen und Herren, wenn das so weitergeht, dann ist schon ein großer Schritt in Richtung Viertelfinale getan ...*

»Tolles Spiel, nicht wahr?«

»Zweifellos.«

Schweigen.

Der Besucher setzte sich auf einen Stuhl, schlug die Beine übereinander. Er war jetzt ganz ruhig. Er fischte eine Flasche aus der Jackentasche, ein kleines Glas, stellte beides auf den Tisch.

»Du bist alt.« Er füllte das Glas mit einer dicken, klebrigen Flüssigkeit. »Du bist zu nichts mehr zu gebrauchen.«

»Seit wann kümmerst du dich um mein Alter?« Warmuth sah sein Gegenüber mit wässrigen Augen an.

»Du störst. Mich jedenfalls.«

»Willst du mich beleidigen?«

»Keineswegs.«

»Dann lass mich in Frieden. Geh nach Hause! Oder setz dich zu mir, und wir schaun uns das Spiel an. Einverstanden?« Warmuth saß da, er machte eine fahrige, abwehrende Handbewegung, so als wollte er die Erscheinung vor ihm einfach zur Seite wischen.

Was wollte dieser Mensch? Was war plötzlich los an diesem Sonntagabend?

»Flora, kommst du mal?« Es war ein lächerlicher Versuch, Zeit zu gewinnen, Warmuth wusste es, noch ehe er die Worte in Richtung Schlafzimmer gerufen hatte.

»Deine Frau ist nicht da. Ich bin nicht blöde. Also lass diesen Unsinn!« Zynisches, arrogantes Grinsen. »Du trinkst jetzt einen Likör. Du ganz allein. Auf unsere Geschäfte.«

»Keine Lust. Hau endlich ab!«

Als Warmuth die Pistole sah, starrte er sein Gegenüber sekundenlang an, in einer Mischung aus Ungläubigkeit und tödlichem Erschrecken. »Bist du verrückt geworden?«

»Ich war noch nie so entspannt wie jetzt.«

»Hör mal«, Warmuth wischte sich den Schweiß von seinem kahlen Schädel, »keine Ahnung, was in dich gefahren ist. Keine Ahnung, welcher Teufel dich gepackt hat, hier plötzlich zu erscheinen.«

Der alte Mann hatte jetzt Mühe, deutlich zu sprechen.

»Aber es gibt da eine Möglichkeit. Du brauchst Geld, sicher brauchst du Geld. Wer braucht das nicht? Aber du weißt genau, wir sind noch nicht soweit. Du weißt, welche Schwierigkeiten es gibt. Die Qualität ist hervorragend, aber hör mir bitte zu, wir haben dich über alles informiert, ständig, du warst immer dabei, wenn du zum Beispiel ...« Warmuth versuchte, die Angst wegzureden, er versuchte, die Waffe nicht zu beachten, die immer noch auf ihn gerichtet war.

Aber es war alles umsonst.

»Prosit!« sagte der Mann mit der Pistole in der Hand. »Es möge nützen. So heißt das wohl.«

*Ja, meine Damen und Herren, wir warten auf das zweite Tor, Miroslav Klose ist leider überhaupt nicht zu sehen, und auch Mario Gomez kann nur ansatzweise überzeugen ...*

Kriminalhauptkommissar Hofbauer saß in seinem Büro in der Ettstraße. Er hockte vor seinem falschen Biedermeiertisch und aß knusprige Brezeln mit Butter und Honig. Dazu trank er lauwarmen Kaffee aus dem Automaten.

Es war Dienstag, der 10. Juni, 9:28 Uhr.

Deutschland hatte das erste Vorrundenspiel der EM gewonnen, selbst der »Kaiser« sparte nicht mit Lob und Anerkennung.

Hofbauer hatte das Spiel bei Odysseus gesehen, in seinem Stammlokal an der Perlacherstraße in München. Odysseus fand die deutsche Elf super, dabei sprach er von nichts anderem als von dem bevorstehenden Match Griechenland gegen Schweden, und dass die Griechen leider verlieren würden, weil sie sich seit Jahren nicht weiterentwickelt hatten.

»Unser Kaffeeautomat hat sich auch nicht weiterentwickelt.« Hofbauer stand auf und schüttete den Rest der labbrigen Soße in den Blumentopf mit dem hauseigenen Gummibaum.

Die Tür ging auf, und Anita trat ein, angetan mit einem offensichtlich brandneuen Fruit of the Loom-Sweatshirt, knallgelben Jeans und Flip-Flops. Sie brachte wie immer einen erfrischenden Schwall Lebensfreude mit.

Im gleichen Augenblick läutete das Telephon. Und Hofbauer ahnte, dass der Zustand optimistischer Lebensfreude ab sofort beendet war. Der Kommissar nickte seiner Kollegin bedauernd zu, dann meldete er sich. Am Apparat war Lederer von der Polizeistation 46 in Planegg.

»Hallo Peter. Wie geht's?«

»Leidlich.«

»Hast du das Spiel gestern gesehen?«

»Klar.«

»Und?«

»Wichtig ist aufm Platz, wie der Fachmann sagt.«

»Richtig.«

Eine kurze Pause entstand. Dann schaltete der Kollege in Grün von privat auf amtlich. Er berichtete, man sei zu einer

Leiche gerufen worden, Eugen Warmuth, einundachtzig Jahre alt, in Planegg, Josef-Danzinger-Straße 2, achter Stock. »Vielleicht vergiftet, vielleicht auch gar nix, keine Ahnung, eine Obduktion wird Klärung bringen, hoffentlich.« Er schien von den Künsten der Pathologen nicht allzu viel zu halten.

Es dauerte ein paar Sekunden, ehe Hofbauer antwortete. Man hatte sich längere Zeit nicht gesehen, die Brücke der freundschaftlichen Übereinstimmung, die zwischen den beiden Männern herrschte, musste erst wieder aufgebaut werden. »Dieses zweite Tor von Podolski war schon eine Schau!«

»Beängstigend super.«

»Odysseus meint ...«

»Wer ist Odysseus?«

»Mein Freund von der Ouzo-Mafia.«

»Verstehe.«

Anita, die über Lautsprecher dem Zwiegespräch zugehört hatte, klopfte vielsagend auf ihre Armbanduhr. Hofbauer nickte. »Ich fürchte, wir müssen unsere Fachdebatte beenden«, seufzte er. »Anita meint, wir sollten uns mehr auf unsere Leiche konzentrieren.«

»Da hat sie leider nicht ganz unrecht. Sag Anita einen schönen Gruß!«

»Mach ich.«

»Also noch mal von vorne.« Lederer wiederholte kurz seine Informationen. Dann setzte er hinzu, Eugen Warmuth sei an diesem Morgen von seiner Frau Flora gefunden worden, kurz nach acht Uhr. Sie habe sofort den Notarzt und die Polizei verständigt.

»Warum die Polizei?«

»Frau Warmuth hat irgendwas von Drohungen erzählt, die ihr Mann in den vergangenen Wochen angeblich erhalten hat.

Sehr merkwürdig, sehr diffus. Wenn du mich fragst, ein bisserl, Entschuldigung, gspinnert.«

»Wie Frauen halt so sind.«

Hofbauer sah kurz zu Anita hinüber. Er erntete ein strenges Stirnrunzeln, das allerdings von dem Fruit of the Loom-Sweatshirt mehr als neutralisiert wurde. »Was sagt der Gerichtsmediziner?«

»Wenig. Er und der Notarzt tippen auf Herzversagen. Es sind ja keinerlei Gewaltanwendungen feststellbar.«

»Was sollen wir dann überhaupt bei euch?«

Plötzlich war eine Frauenstimme in der Leitung, sehr aufgeregt und sehr bestimmt, garniert mit einem nicht gerade kleinen Schuss Dramatik.

»Sie müssen schnellstens kommen, Herr Inspektor, mein Mann wurde getötet, wahrscheinlich erwürgt, ich ahne es, ich weiß es genau.«

»Sie sind Frau Warmuth?«

»Natürlich, wer denn sonst? Ich bin heute früh nach Hause gekommen, ich war in Gauting, in der Reismühle, ich habe dort mein Atelier. Ich bin Künstlerin, Sie haben sicher schon von mir gehört.«

Hofbauer verkniff sich die Bemerkung, von der künstlerischen Existenz einer Flora Warmuth bis vor einer Minute keine Ahnung gehabt zu haben. Stattdessen erklärte er mit ausgesuchter Höflichkeit, er werde sich umgehend in seinen Wagen setzen und zum Tatort fahren, was seine Gesprächspartnerin mit einem dankbaren Seufzer quittierte.

Der Kommissar bat Lederer, auch weiterhin die Stellung zu halten. Ein nur bedingt glaubhaftes »Aber gerne!« war die Antwort.

Sie liefen nach unten, hinüber zum Parkplatz, und schlängelten sich durch Münchens Stop and Go in Richtung Würmtal.

»Warum haben wir eigentlich keine dieser süßen, kleinen Jubelfähnchen an unserem Auto?« Anita fragte es mit Unschuldsmiene, aber ihre giftgrünen Augen verrieten, dass sie in Wirklichkeit nicht viel dafür übrighatte.

»Es gibt sicher eine ganze Reihe amtlicher Bestimmungen, das Verbot solcher Fähnchen an polizeilichen Dienstfahrzeugen betreffend«, antwortete Hofbauer mit einem Lächeln. »Hast du vielleicht was gegen unsere siegreichen Buam?«

»Aber nicht doch! Poldi und Schweini kommen gleich nach meinen zwei Lieblingen daheim, dem Papi und dem Sohnemann.«

»Ich fürchte, du übertreibst.«

»Achtung, der Omnibus!«

»Danke!«

Sie fuhren stadtauswärts am Klinikum vorbei und bogen an der großen Kreuzung in Gräfelfing in die Pasingerstraße ein.

»Vielleicht war es Selbstmord«, sagte Hofbauer.

»Schöner sterben, sowas gibt's.«

»Soll ja zurzeit immer mehr um sich greifen.«

»Mit Sarkasmus kommen wir nicht weiter.«

»Eins zu null für dich!«

Sie waren alle versammelt in Warmuths Wohnung: der Gerichtsmediziner, der Notarzt, der Polizeiphotograph, Lederer und der junge Kollege Zinner von der Planegger Polizeistation. Dazu die Leute von der Spurensicherung.

Aber gab es überhaupt Spuren zu sichern?

Der Fernsehapparat lief auf vollen Touren, irgendeine Talkshow war im Gange, mit blasierten Gästen und einem überdrehten Moderator.

Neben dem Apparat, mit dem Rücken zu ihnen, stand eine nicht mehr ganz junge Frau und starrte geistesabwesend auf den Kasten.

Der Notarzt, ein gemütlich aussehender Mann, reichte Hofbauer die Hand. »Gestatten, Hönninger. Ich fürchte, wir kennen uns.«

Auf Hofbauers verblüfftes Gesicht hin sagte er: »Der Fall Linda Cordes. Drüben bei Maria Eich. Das rätselhafte Päckchen Salz in dem Smart. Sie erinnern sich?«

Der Kommissar, sichtlich verlegen, erwiderte, er könne für seinen kurzen Blackout nur zwei Entschuldigungen anbieten, nämlich sein fortschreitendes Alter und ein gewisses Grad an Überarbeitung.

Darauf antwortete Dr. Hönninger irgendetwas von miesen Zeiten für gute Leute und stellte den Kommissar dem Kollegen von der Gerichtsmedizin vor. Der war tatsächlich neu. Er hieß Denicke, sprach einwandfreies Schriftdeutsch und behauptete, nur Italien habe Chancen, das Endspiel zu erreichen. Sonst niemand.

Die Europameisterschaft war also ganz offensichtlich auch in der Pathologie angekommen.

Eugen Warmuth aber, sehr blass und schon sehr weit weg, lag auf dem Sofa, mit geschlossenen Augen, über denen markante Brauen auch noch jetzt eine gewisse Entschlossenheit verrieten, die Warmuth im Leben besessen haben mochte. Ein gepflegtes Menjou-Bärtchen ließ seinen kahlen Schädel nur noch deutlicher in Erscheinung treten.

»Kennen Sie Atze Brauner?« fragte Denicke.

Hofbauer schüttelte den Kopf.

»Ein berühmter Filmproduzent. Hat Karl May- und Edgar Wallace-Filme gemacht. Ist eine feste Größe in Berlin.«

»Und?«

»Unser Opa hier sieht ihm täuschend ähnlich.«

»Ach ja?«

Irritiert fügte der Mediziner hinzu, es handele sich, was die Todesart Warmuths betreffe, schlicht um ein stinknormales, völlig natürliches Ableben.

Das bestätigte Dr. Hönninger mit einem Kopfnicken.

Hofbauer betrachtete die hohen, mit Büchern vollgestopften Regale um ihn herum, den Tisch und die Stühle aus den fünfziger Jahren, den vermutlich echten, aber doch schon sehr abgetretenen Teppich. Eine alberne Kuckucksuhr tickte ungerührt vor sich hin.

Es gab keinerlei Zeichen eines Kampfes, keine Unordnung, nicht der geringste Hinweis auf irgendetwas, das einen gewaltsamen Tod vermuten ließ.

Hofbauer trat ein paar Schritte nach vorn, berührte die immer noch auf das lächerliche Programm starrende Frau an der Schulter. »Entschuldigung«, er wartete ein paar Sekunden, »ich bin Kommissar Hofbauer, Kripo München.«

Er deutete auf Anita. »Das ist Frau Mauermann, meine Kollegin.«

Kurze Pause.

»Mein herzliches Beileid, gnädige Frau.«

Flora Warmuth drehte sich um. Sie trug eine Perücke, wie Hofbauer erst jetzt feststellte, die Perücke saß schief auf ihrem Kopf, was ihre Besitzerin aber nicht zu stören schien.

»Haben Sie die Einstichstelle gefunden?« fragte sie.

»Wie kommen Sie denn auf so etwas?« Hofbauer wechselte einen überraschten Blick mit den beiden Medizinern.

Statt einer Antwort setzte sich Frau Warmuth an den Tisch, wischte ein paar Krümel zu Seite und begann zu sprechen.

»Wir waren glücklich«, sagte sie. »Seit achtunddreißig Jahren. Ununterbrochen glücklich. Eugen war ein fescher Mann, damals, als wir uns kennenlernten. Er ist es heute noch, ein sehr fescher Mann. Es war bei einem Atelierfest in München, da haben uns Amors Pfeile getroffen.« Sie lächelte verträumt. »Ich bin nämlich Künstlerin, müssen Sie wissen. Sicher haben Sie schon von mir gehört.«

Es war Lederer, der mit einem kräftigen »Aber ja doch« für Sekunden ein paar Sonnenstrahlen auf Flora Warmuths Gesicht zauberte. Aber nur für Sekunden. Dann gab sie sich wieder ihrer Trauer hin.

»Wenn ich noch mal stören darf«, sagte Hofbauer. »Wann haben Sie denn Ihren Gatten zum letzten Mal gesehen?«

Die Antwort kam schnell. »Am Samstagmorgen. Wir haben noch zusammen gefrühstückt. Müsli und Knäckebrot. Eugen hatte Tee und ich Kaffee.«

»Ah ja.«

»Ich habe aufgeräumt, das Geschirr gespült und bin dann in mein Atelier gefahren.«

»Haben Sie irgendwann mal miteinander telephoniert?«

»Nein. Ich hatte viel zu tun. Ich arbeite momentan für eine Vernissage, sie findet im Planegger Rathaus statt.«

»Interessant.«

Jetzt mischte sich Denicke in das Gespräch ein. »Der Tod dürfte vor etwa sechsunddreißig Stunden eingetreten sein. Oder früher. Vielleicht auch später. Eher früher.«

»Na was denn nun?« Das war Anita, wieder einmal die personifizierte Ungeduld.

»Die Obduktion wird's bringen.« Denicke sandte einen leicht indignierten Blick in Richtung Fruit of the Loom.

Hofbauer zog seine Handschuhe an, ging zu der Leiche und durchsuchte Jacken- und Hosentaschen des Toten. Er fand ein Mäppchen mit Kreditkarten, ein paar Euroscheine, Kleingeld, Briefmarken, Gummibänder und Sicherheitsnadeln.

»Können Sie feststellen, ob irgendwas fehlt?«

Flora Warmuth antwortete, sie habe keine Ahnung, sie mische sich nicht in die finanziellen Angelegenheiten ihres Mannes.

An der Tür entstand eine gewisse Unruhe. Die Männer mit dem Blechsarg waren erschienen, sie drängten ins Wohnzimmer, was Hofbauer zu schnellem Handeln zwang. Er scheuchte alle nach draußen, befahl den Männern, die Wanne abzustellen und ebenfalls zu verschwinden.

»Es tut mir sehr leid, gnädige Frau«, er machte eine resignierte Handbewegung, »aber es ist Zeit, Abschied zu nehmen. Es hilft ja nun alles nichts.« Sein Mitgefühl war echt. »Ich lasse Sie jetzt ein paar Minuten allein.«

Und damit zog auch er sich in Richtung Treppenhaus zurück.

Dort standen sie unschlüssig herum und warteten. Die beiden Mediziner hatten es auf einmal sehr eilig, sie reichten Hofbauer die Hand, wobei der Pathologe betonte, er werde sehr sorgfältig arbeiten, obwohl natürlich keinerlei Hinweise vorhanden seien, aber er lasse sich nichts vorwerfen.

»Tschüss.«

»Servus.«

»Wie? Ach so, äh, wir sind ja in Bayern.«

Er ging ein paar Stufen abwärts, blieb stehen und kehrte wieder um. »Dieser Atze Brauner, dem unser toter Opa so ähnlich sieht, hat übrigens auch mal einen Dr. Mabuse-Film gemacht. Na ja, is ja nich so wichtig.« Er dachte kurz nach. »Serfus!«

Als niemand reagierte, wandte er sich enttäuscht ein zweites Mal zum Gehen.

»Dr. Mabuse! Fast so schön wie der Glöckner von Notre Dâme.« Hofbauers Gedankenblitz kam für den Pathologen einige Sekunden zu spät.

Anita meinte, sie schwärme eher für Asterix und Obelix. Und für Gérard Depardieu.

Der junge Zinner, der sich in der vergangenen halben Stunde »ein wenig umgesehen hatte«, wie er sagte, schlängelte sich an Anita vorbei und überreichte dem Kommissar ein Plastiktütchen. »Eine Zigarettenkippe.« Er war sichtlich stolz auf seinen Fund. »Lag hier unter dem Fußabstreifer.«

»Respekt!« Der Kommissar drückte das Tütchen einem der Männer in den Schutzanzügen in die Hand. »Vorsicht, heiß!«

Der Mann stutzte, zog sich dann grinsend zu seinen Kollegen zurück.

Flora Warmuth erschien, immer noch mit schiefer Perücke, einen Kohlestift in der einen, ein Blatt Papier in der anderen Hand. »Ich habe ihn festgehalten, für mich.« Sie hob das Blatt in die Höhe. »In Sekunden für die Ewigkeit.«

Die Zeichnung war erstaunlich gut gelungen. Sie zeigte einen friedlich schlummernden Eugen Warmuth mit einem fast etwas zu frechen Bärtchen und mit hoher, sehr hoher Stirn.

Dann geschah das Unvermeidliche. Eugen Warmuth wurde in den Blechsarg gehoben und, weil der Lift viel zu klein war, wenig pietätvoll und in enormer Schieflage Stockwerk für Stockwerk abwärts transportiert. Was seine Gattin zum Glück nicht mitbekam, da sie wieder ins Wohnzimmer gegangen war und mit fest zugekniffenen Augen in einem Schaukelstuhl saß.

»Hat man ihn ...«, stotterte sie nach einer Weile, ohne den Satz zu vollenden.

Hofbauer antwortete mit einem lakonischen »Ja!«

Daraufhin stand Flora Warmuth auf, kramte ein Photoalbum aus einer Kommode und legte es auf den Tisch. Sie habe ihrem Mann Lebewohl gesagt, erklärte sie, und widme sich jetzt voll und ganz der Erinnerung.

»Er war Lehrer. Zwölf Jahre lang sogar Rektor, im alten Gymnasium in Gräfelfing.«

Sie deutete auf eine Reihe von Bildchen mit den Abiturjahrgängen der achtziger Jahre.

Junge Damen und sich lässig gebende Jünglinge waren darauf zu sehen, noch ohne Handy am Ohr und ohne iPod um den Hals. In ihrer Mitte stand der teure Verblichene, dreißig Jahre jünger und sehr, sehr fesch, wie die Witwe erneut betonte.

»Eugen war enorm beliebt.« Sie wischte sich eine Träne aus den Augen. »›Wermut‹ nannten sie ihn, ›Wermut‹ statt ›Warmuth‹«, sie lächelte nun sogar, »und natürlich bekam er jedes Jahr ein Dutzend Flaschen davon geschenkt. Wir haben jetzt noch einen Vorrat im Keller.«

Und wieder lächelte sie.

Die Männer von der Spurensicherung verabschiedeten sich. »Wenn wir irgendwas Verdächtiges finden«, sie zuckten die Achseln, »hören Sie von uns.«

»Selbstverständlich.«

Auch Lederer und Zinner sagten, sie hätten ihre Pflicht getan und würden sich nun wieder den Fahrraddieben und Rasern des Würmtals widmen. »Acht Fälle von Trunkenheit am Steuer in der vergangenen Nacht! Zwei zu null! Das heißt: für jedes Tor exakt vier Führerscheine im Eimer.«

Ein aufmunterndes Kopfnicken Anitas und ein joviales »Habe die Ehre« Hofbauers begleiteten sie zurück in ihren abwechslungsreichen Alltag.

Die beiden Kriminaler waren mit der Witwe allein.

Hofbauer betrachtete die Kohlezeichnung, die auf dem Tisch lag, er musterte zum wiederholten Male die Bücher in den Regalen, und plötzlich fiel ihm auf, dass kein einziges Gemälde Flora Warmuths an den Wänden zu sehen war.

»Künstlerisches Schaffen ist Ihre Leidenschaft, sagten Sie?«

Heftiges Kopfnicken.

»Hat Ihr Mann die von Ihnen gestalteten Bilder und Kunstwerke, sagen wir mal, geschätzt?«

»Er hat sie geachtet.«

»Aber nicht gemocht?«

»Eugen war«, Flora Warmuth suchte nach den richtigen Worten, »er war in gewisser Hinsicht – allergisch. Gegen Farben, sozusagen.«

»Doll!« Der Zwischenruf kam von Anita, die aufgesprungen war und mit gespielter Neugierde ans Fenster trat, um über die Dächer und Wiesen und Wälder Planeggs zu schauen.

Hofbauer sah die Witwe prüfend an. Als keine Reaktion kam, fragte er, betont freundlich: »Nun sagen Sie mir doch bitte, warum Sie so unerschütterlich davon überzeugt sind, Ihr Mann sei ermordet worden.«

Flora Warmuth klappte das Album zu, sehr sanft, dann sagte sie mit feierlicher Stimme: »Eine Frau spürt das, Herr Kommissar. Intuitiv. Denn nichts, Herr Kommissar, geht über die Hingabe eines liebenden Weibes.«

Hofbauer wartete auf eine Reaktion Anitas, ein zweites »Doll!« oder dergleichen, aber seine Kollegin sah weiterhin demonstrativ zum Fenster hinaus.

Er räusperte sich. Die immer noch schiefsitzende Perücke auf Flora Warmuths Haupt, ihr theatralisches Getue und der Ärger, mit Sicherheit umsonst in die Josef-Danzinger-Straße gefahren zu sein, ließen seinen Blutdruck spürbar ansteigen. Aber er beherrschte sich. Er stellte, scheinbar ungerührt, eine seiner Routinefragen. »Hatte Ihr Mann Feinde?«

»Aber nein. Wie kommen Sie denn darauf?«

»Sie haben dem Kollegen von der Landpolizei etwas von Drohungen erzählt.«

»So? Hab ich das?« Sie schien sehr zufrieden zu sein. »Da sehen Sie, wie recht ich hatte.«

Hofbauer spürte ein deutliches, unangenehmes Kribbeln in seiner Brust und in seinen Armen. Nicht zum ersten Mal, er hatte sich inzwischen fast daran gewöhnt, aber im Moment dachte er nicht weiter darüber nach.

Er holte tief Luft, jedoch Anita kam ihm zuvor. Sie ging mit großen Schritten zum Tisch, setzte sich Flora Warmuth direkt gegenüber auf einen Stuhl und sagte mit verhaltenem Zorn: »Gnädige Frau, warum erzählen Sie uns das alles? Ihr Mann hatte keine Feinde, und trotzdem fühlte er sich bedroht. Wie passt das Ihrer Meinung nach zusammen?«

Flora Warmuths Antlitz war voller Arroganz. »Und wer sind Sie, meine Dame?« fragte sie.

»Ich heiße Anita Mauermann«, Anitas Stimme klang engelsgleich. »Kripo München. Ettstraße, gleich neben dem Jagdmuseum. Sie sagten am Telephon, Ihr Mann sei erwürgt worden. Wir haben aber keine Würgemale gefunden, keinen Hauch. Könnte es sein, werte Frau Warmuth, dass Sie gerne Märchen erzählen?«

»Frechheit!«

»Es besteht aber durchaus die Möglichkeit«, mischte sich Hofbauer ein, »dass Sie ein wenig geflunkert, uns an der Nase herumgeführt haben, verdammt noch mal, haben Sie das?«

Die Kuckucksuhr gab ein unverhofft blechernes Geräusch von sich, der Kuckuck erschien und rief seinen Namen zehnmal in das Zimmer, in dem immer noch der süßliche Geruch des toten Lehrers zu spüren war.

»Tun Sie Ihre Pflicht!« sagte die Witwe ungerührt. »Finden Sie Eugens Mörder.«

»Wo waren Sie am vergangenen Wochenende?« Hofbauer gab sich Mühe, ganz und gar ruhig zu sein.

»Ich war in Gauting, in meinem Studio, ich sagte es schon.«

»Hamma Zeugen?«

Ein kurzes, kaum merkliches Zögern, dann ein gehauchtes »Nein«.

»Kein Kunstfreund da, kein Bewunderer Ihrer Aquarelle? Sowas soll's geben, nicht wahr?«

»Verschwinden Sie!«

Hofbauer hob erneut die Kohlezeichnung hoch, scheinbar ungerührt. Er ließ sie fallen, so dass sie auf den Boden segelte. Die Witwe reagierte nicht.

»Wäre es nicht besser, Frau Warmuth, Sie würden uns alles haarklein erzählen? Ohne Ihre kleinen Phantastereien? Was Sie wissen, was Sie beobachtet haben? Wir können den Mörder ja sonst nicht finden! Und das wollen Sie doch nicht, oder?«

Hofbauer kam sich reichlich bescheuert vor. Ein alter Mann schlief friedlich auf seinem Sofa ein, und seine verrückte Gattin zog eine Schau ab wie im Kino.

Und er, Hofbauer war mittendrin.

Flora Warmuth saß auf ihrem Stuhl und schwieg.

»Okay.« Der Kommissar ballte für Sekunden die Fäuste. »Eine Frage noch, verehrte Frau Warmuth.« Er bemühte sich, keinerlei Ironie in seine Stimme zu legen. »Hatte Ihr Mann in der letzten Zeit gesundheitliche Beschwerden? Klagte er über Schmerzen? Konsultierte er einen Arzt?«

»Er war kerngesund.«

»Mit einundachtizig Jahren.«

»Liebe ist die beste Medizin.«

Das war genug. Hofbauer sah kurz zu Anita hinüber, die nickte, der Kommissar deutete eine flüchtige Verbeugung an.

»Gnädige Frau«, er wiederholte Anitas eher spöttisch gemeinte Anrede, »noch einmal mein herzliches Beileid. Sie hören von uns. Ganz bestimmt.«

Flora Warmuth würdigte sie keines Blickes. »Gehen Sie«, sagte sie kühl. »Man trifft sich immer zweimal im Leben. Manchmal sogar öfter. Ich weiß es genau.«

Damit waren die beiden Kripo-Beamten entlassen.

Als sie unten im Auto saßen, schweigend, um alles noch einmal Revue passieren zu lassen, sagte Hofbauer in die Stille hinein: »Drei Dinge, liebe Frau Kollegin, sind mir aufgefallen. Erstens: Dein köstliches Design, das du trägst, passt nicht unbedingt zu unserem Job. Zweitens: Es steht dir ganz ausnehmend gut. Drittens«, er brachte den Motor zum Schnurren, »diese Madame Warmuth spinnt komplett. Aber«, er fuhr aus der Parklücke, »sie wird uns noch ein Weilchen beschäftigen. Ehrenwort!«

Bastian saß in seiner Bude, klappte sein Notebook auf und klickte sich wieder einmal ein ins tägliche Online-Geschehen von SchülerXX.

Die Internet-Plattform SchülerXX war von einem gewissen Jens Beka gegründet worden. Bekas Idee war schlicht, aber erfolgreich. Jeder Schüler und jede Schülerin sollte die Möglichkeit bekommen, mit anderen zu kommunizieren, wo immer sie auch zu Hause waren, über alles, was Schülerherzen zwischen zehn und zwanzig Jahren bewegte. Sport, Musik, Klatsch und Tratsch. Und natürlich das Wichtigste: Love, love, love.

Bastian Hofbauer gehörte zu den Millionen Besuchern, die sich täglich im Chatroom von SchülerXX tummelten.

Stundenlang.

Es war nicht einfach, sich in diesem ganz speziellen Kauderwelsch zurechtzufinden. Hdl zum Beispiel hieß hab dich lieb. Bdb bedeutete bist du bescheuert? Und kp stand für kein Plan.

Bastian allerdings war ein erfahrener Nutzer. World of Warcraft, Real Life und dergleichen Kindereien hatte er schon hinter sich. Da waren die Kürzel des Chatrooms kein Problem.

Neuerdings gab's da auch noch diese coolen, sogenannten Vlogs, Tagebücher in Videoform, in denen sich Jungs und Mädels mit kurzen, zweiminütigen Clips ins Netz googelten.

Bastian war ein Fan von RunningConSpeedy, ein Mädchen, das derart irre Dinger produzierte, dass jedermann in seiner Schule sie kannte und über sie diskutierte.

Okay, es gab da diese Filmchen über ihr Zimmer und ihren Papagei, über Spaziergänge im Wald und ihre Versuche, Tennis zu spielen. Ziemlich bescheuert, wie alle fanden.

Manchmal aber waren auch echt geile Szenen dabei, lustig zusammengeschnipselte Sketche und pfiffige Dialoge. Und die waren allererste Sahne.

Bastian wusste, dass RunningConSpeedy mit ihren Vlogs sagenhaft viel Kohle verdiente. Jeder Klick bedeutete ein Batzen Geld. Bezahlt von Google. Weil Speedys Clips von Woche zu Woche besser wurden. Und weil sie pervers oft aufgerufen wurden, von Bloggern aus der ganzen Welt.

Bastians eigene Clips, er musste sich das eingestehen, waren bisher nichts als Schrott. Die Kamera, die er sich von seinem Freund Svenni geliehen hatte, war in Ordnung. Aber irgendwas stimmte nicht mit der Beleuchtung, das hieß, es war schlicht zu dunkel in seiner Bude. Und dementsprechend sahen seine Versuche auch aus.

»Hallo, ich bin Bastian, und ich mache nächstes Jahr das Abi«, so hatte sein erster Clip begonnen. Nicht übermäßig originell, das wusste er.

Dann hatte er versucht, englisch zu quatschen, aber das ging erst recht in die Hosen.

In Amerika, hatte Svenni erzählt, war Vloggen absolut in. Es gab Boys und Girls, die ein paar tausend Piepen im Monat verdienten, so wie Speedy. Bastian wäre schon mit drei oder vier Hundertern zufrieden gewesen.

Aber es funktionierte einfach nicht. Niemand wollte seine Clips sehen. Und nur in den Chatrooms rumzuhängen brachte leider null Komma null.

Der Stress mit der Schule, der psychische Druck, für das Scheißgymnasium arbeiten zu müssen, obwohl er nicht den geringsten Bock dazu hatte, nervte ihn ungeheuer.

Da war es fast noch ein Glück, dass er momentan solo war. Denn Mädels kosteten Zeit und Geld, Bastian hatte da schon einiges hinter sich.

Er poppte das Browserfenster auf und loggte sich ein in den speziellen GräfGym-Chat, den sie im Würmtal aufgebaut hatten. Er musste checken, was gerade abging.

Mehrere Photos von Anna-Lisa aus seiner Klasse machten in den letzten Tagen die Runde. Anna-Lisa beim Schmusen mit Robby, Anna-Lisa im Bikini, Anna-Lisa oben ohne. Wo die Snapshots herkamen, war natürlich nicht rauszukriegen. Es gab Idioten, die Tag und Nacht ihre Kameras dabei hatten und die auf alles draufhielten, was sich bewegte. Und die alles ins Netz stellten, rücksichtslos. Und vor denen niemand sicher war.

Kein Lehrer und erst recht kein Schüler.

Die Kommentare rund um die Photos fand Bastian ekelhaft. Sie waren niederstes Niveau. Er konnte sich gut vorstellen, dass Anna-Lisa total sauer war.

Er überlegte sich, ob er sie mal direkt fragen sollte. Vielleicht war sie im Augenblick ebenfalls im Chatroom? Das war doch durchaus möglich. Ein Versuch konnte nicht schaden.

*he, anna-lisa, was Machst du grade?*

*alles Im arsch.*

*bleib cool!*

*tschüss.*

Das ging also erst mal voll daneben.

Einer der User, von dem Bastian noch nie etwas gehört hatte, fragte Anna-Lisa unverblümt, ob sie mit ihm vögeln wolle. Worauf sich Jacky aus der Parallelklasse anbot, dufte Filme davon zu drehen.

Ein *Mensch, jetzt reicht's aber!* von Bastian wurde mit einer Flut höhnischer *Fuck offs* quittiert. Es war also mal wieder höchst beknackt, sich im GräfGym-Chatroom aufzuhalten.

Bastian fühlte sich unbehaglich. Ein Berg von Schularbeiten war zu erledigen, und irgendwann musste er auch mal wieder seinen Vater anrufen.

Es war blöd, dass der sich stur weigerte, mit seinem Sohn über den Chatroom zu kommunizieren. Ab und zu bekam Bastian eine SMS, das war aber auch schon alles. Dabei war in der heutigen Kriminalistik der Computer unverzichtbar, Bastian wusste das nur zu genau.

Daddy Hauptkommissar kannte sich auch leidlich gut aus, besaß aber privat nicht einmal ein mickriges Notebook. Der Papa hatte Bastian mal beim Chatten über die Schulter gesehen, das war noch gar nicht so lange her. Jedoch Papas Stirnrunzeln und die giftigen Kommentare über die grauenvolle Orthographie der Blogger hatte dem Unternehmen ein schnelles Ende bereitet.

Auf Orthographie kam es nicht an, fand Bastian. Rascher Input war wichtig, alles andere war egal. Aber mach das mal einem Oldie klar!

What the fuck!

Ein besserer Kommentar fiel ihm momentan nicht ein.

Er geriet ins Grübeln.

Anna-Lisa war voll nett. Trotzdem fand er sie irgendwie bescheuert. Warum hatte sie nicht aufgepasst? Vielleicht hatte sie in Wirklichkeit gar nichts dagegen, dass die Photos von ihr ins Netz gestellt worden waren. Sowas gab es öfter, als man glaubte.

Denn jetzt war Anna-Lisa im Gespräch, man redete über sie, das war super. Auf ihrem virtuellen Gästebuch landeten eine ganze Menge Einträge, soviel stand fest. Vielleicht wollte sie das.

Aufmerksamkeit war die wichtigste Währung in der Schule. Beifall und Anerkennung, darauf kam es an.

Es war Bastian nicht hundertprozentig klar, ob das alles tatsächlich so ablief, aber in hellen Momenten ahnte er es. Helle Momente allerdings waren selten.

Er klickte Anna-Lisas E-Mail-Adresse an. Überlegte lange. Ob er ihr eine SMS schicken sollte? Okay, es war auch möglich, sie morgen persönlich anzusprechen.

Aber das war out. Chatten war in.

*High, Anna-Lisa, wir Könnten zUsammen mal ein eis essen. Beimm italjener in der bahnhofstr.*

Er betrachtete die Mail. ›Italjener‹ schrieb man irgendwie anders, stellte er fest. Macht nix! Er schrieb eben so, wie er grade lustig war. Außerdem war es Zeit, mal wieder auf YouTube zu gehen, um dort zu versuchen, mit ein paar Clips die laufende Sendung zu kommentieren. Wenn auch die Clips made by Bastian nicht allzu viel taugten.

Er schickte die Mail an Anna-Lisa auf die Reise und zog sich dann erst mal eine Zigarette rein. Rauchen kann tödlich sein! Er lachte. Mensch, er war achtzehn, da dachte man doch nicht an den Tod! Und er hatte schon ganz andere Kaliber inhaliert, da waren die lächerlichen Selbstgedrehten reine Erholung.

Das sagte Svenni übrigens auch. Svenni mit den Reichschwein-Eltern, der schon einen eigenen Wagen fuhr.

Mathe und Englisch waren noch zu erledigen, und Deutsch und Geschichte. In Geschichte konnte er mal bei Wikipedia gucken, auch wenn der Geschichtslehrer ein sehr unangenehmes Talent für das Entdecken geklauter Beiträge hatte.

Aber einen Versuch war's wert. Schließlich war Bastian ein total schlaues Bürschchen. Immer. Oder zumindest manchmal.

Die Photos von Anna-Lisa ›oben ohne‹, das musste er zugeben, waren klasse. Aber wenn sie nichts von ihm wissen wollte?

Er hatte nur ein Fahrrad, ein tolles Bike, immerhin. Aber gegen Svennis Kutsche kam er damit nicht an.

Fuck the army!

Hofbauer saß in seiner Wohnung in der Perlacherstraße und verfolgte das Spiel der deutschen Nationalmannschaft gegen Kroatien.

Fast drei Tage waren vergangen, ohne auch nur die geringsten Neuigkeiten im sogenannten Fall Eugen Warmuth ans Tageslicht gebracht zu haben. Die Spurensicherung hatte nichts in der Wohnung gefunden außer den Fingerabdrücken des Ehepaars, überall und an jedem Gegenstand.

Die Zigarettenkippe lag noch bei den Ermittlern des K 311, im vierten Stock des Polizeipräsidiums. Eine DNA-Spur war bis jetzt noch nicht entdeckt worden.

Man solle sich keine großen Hoffnungen machen, hatten die Kollegen gesagt. »Irgendwas Brauchbares bleibt zwar immer hängen«, tröstete der Dezernatsleiter, »aber ob das auch in diesem Fall zutrifft, wissen wir nicht. Bis wir was Genaueres vermelden können, müsst ihr euch gedulden.«

Das taten Hofbauer und Anita denn auch.

*Ein Rückfall in die allerschlimmsten Zeiten! Das ist nicht die Mannschaft, die wir kennen. Das ist Rumpelfußball, meine Damen und Herren, eine Enttäuschung der Extraklasse ...*

Hofbauer stellte fest, dass er keinen Rotwein mehr hatte. Kroatien führte 1:0, völlig verdient, da war sich Fußball-Deutschland einig. Das Spiel war zum Abgewöhnen.

Er überlegte, ob er runter zu Odysseus gehen sollte, um sich dort noch ein Glas zu genehmigen. Aber Griechenland hatte gegen Schweden verloren, und Odysseus war seitdem nur sehr schwer ansprechbar.

Hofbauer stand auf und betrat das winzige Schwalbennest, das die Wohnbaugesellschaft stolz als Balkon bezeichnete. Öde und leer lag die Perlacherstraße unter ihm. Eine einsame

Dame mit Pudel führte ihren Hund spazieren und ließ ihn auf der Wiese vor dem Haus seine Häufchen setzen.

Im Hintergrund war die Stimme des Reporters zu hören, die Wortfetzen, die an Hofbauers Ohr drangen, klangen destruktiv und entmutigend.

Der Nachbar zur Linken wurde sichtbar. Er knurrte ein grimmiges ›scheiß Spiel, scheiß Ballack‹ und verschwand.

Der Hund hatte inzwischen seine Geschäfte erledigt, die einsame Dame lobte ihn und knüpfte ihn wortreich wieder an die Leine. Die Glückliche hatte von scheiß Spiel und scheiß Ballack offensichtlich keine Ahnung.

In der Halbzeit versuchte Hofbauer, Bastian über das Handy zu erreichen. Er wollte fragen, ob sein Sohn Lust hätte, am kommenden Wochenende ein Boot zu mieten und auf dem Starnberger See mal wieder einen kleinen Segeltörn zu machen. Der letzte Ausflug dieser Art lag allerdings schon Jahre zurück, und Hofbauer zweifelte sehr an einem positiven Echo.

Er sollte recht behalten.

Bastians Handy gab keine Antwort. Also wählte er die Festnetznummer.

Claudia nahm den Hörer ab und übergab ihn sofort an Janick, den neuen Mann an ihrer Seite. Den Mann mit der Bügelfalte und den strahlend weißen Hemden.

»Hallo, hier Hofbauer. Ist Bastian da?«

»Weiß nicht. Möglich. Ich schau mal nach.«

Hofbauer hatte den Fernseher nicht ausgeschaltet. Missmutig betrachtete er die gewohnt schwachsinnigen Werbeeinlagen, in denen Versicherungen wie Kinderschokolade und Kinderschokolade wie Versicherungen angeboten wurden.

»Deutschland verliert«, sagte Janick, als er wieder zurückgekehrt war.

»Ein nationales Unglück.«

Kurze Pause, dann: »Bastian schläft. Er hat nen anstrengenden Tag vor seinem Laptop verbracht. Er ist jetzt ein sogenannter Heiler. Bei World of Warcraft. Das ist die höchste Position, die es dort gibt.«

»Verstehe. Schönen Gruß! Wiederhören.«

Hofbauer verstand überhaupt nichts. Er hatte geglaubt, Bastian sei endlich raus aus dem ganzen Irrsinn von Global Player und Real Life. Er hatte gehofft, Bastian sei endlich vernünftig geworden.

»Vernünftig«, murmelte er, »was für ein altmodisches Wort.«

Er hockte sich wieder vor den Glotzkasten. Die zweite Halbzeit begann, öde wie die erste. Hofbauer fragte sich, ob es vernünftig war, hier zu sitzen und den Großverdienern zuzusehen, wie sie schwitzend über das Spielfeld irgendeines Stadions keuchten und die Bälle ihrem Gegner in die Beine kickten.

Wahrhaft klug wäre es gewesen, sich höchstpersönlich in den Trainingsanzug zu schmeißen und zum Joggen zu gehen.

Als das 2:0 für Kroatien fiel, schaltete Hofbauer den Kasten aus und dachte mit Grausen an die Schlagzeilen des kommenden Tages.

Sekunden später klingelte das Telephon.

»Servus, Bastian, bist du's?«

»Hier Denicke vom Gerichtsmedizinischen Institut. Entschuldigen Sie, störe ich?«

»Nein, nein!« Hofbauers Enttäuschung war trotz seiner Antwort deutlich zu hören.

Denicke erklärte, ein wenig irritiert, er habe eine Mitteilung zu machen, die den Kommissar mit Sicherheit interessieren würde. Er habe gedacht, es wäre opportun, den Kommissar sofort in Kenntnis zu setzen. Die Telephonnummer habe er in der Ettstraße erfragt.

»So, so. Sehr gut. Worum handelt es sich denn?« Hofbauer bemühte sich, freundlich zu klingen, wobei er feststellte, dass auch die Gerichtsmedizin, zumindest ein wichtiger Teil davon, die Europameisterschaft schlicht zu ignorieren schien.

»Es geht um Folgendes«, Denicke machte eine Kunstpause, »wir haben uns intensiv mit der Leiche Eugen Warmuths beschäftigt.«

Jetzt war im Hintergrund doch die Kulisse des vielbesungenen weißen Runds und des grünen Rasens zu hören, was der Gerichtsmedizin wiederum etwas durchaus Menschliches verlieh.

»Und?«

»Eugen Warmuth wurde vergiftet. Mit Somnifen, einem hochwirksamen Schlafmittel. Somnifen ist eine Mischung aus zwei Barbitursäurepräparaten und sehr schnell wirksam. Es wurde höchstwahrscheinlich mit Aprikosenlikör verabreicht.«

»Das ist allerdings ...«

Hofbauer holte tief Luft. Und einer plötzlichen Eingebung folgend, fragte er: »Aprikosenlikör? Ist das sicher? Käme nicht auch eventuell Wermut in Frage? Als, wie sagt man, Trägersubstanz?«

Aber Denicke verneinte entschieden. »Somnifen ist elend bitter. Da muss man schon was Süßes nehmen, um diesen Geschmack zu überdecken.«

»Und wann könnte das alles gewesen sein?«

»Die Tatzeit war Sonntagnachmittag – oder -abend. Sehr schwierig, das genau festzustellen.«

»Dann hat uns also seine liebenswerte Gattin doch nicht verkohlt. Ihre Märchen sind Wirklichkeit.«

»Ich weiß nicht, was sie Ihnen so alles ... der Mageninhalt ... Moment mal ... das ist es ... Podolski ... Tooor!«

Die Stimme Denickes kippte unversehens ins Falsett, ein enthusiastisches »Dufte, Mann, dufte!« war zu hören, ein verlegenes Räuspern, dann trat für Sekunden Stille ein.

»Poldi hat soeben den Anschlusstreffer erzielt.« Der Doktor war der irrigen Meinung, sich für seinen Jubelschrei entschuldigen zu müssen.

»Dann sans ja scho bald Moasta, unsere Buam«, sagte Hofbauer süffisant.

»Moasta?«

»Meister.«

»Ach so, ja, aber jetzt müssen wir Österreich schlagen ...«

»Wir?«

»Ich meine ...«

»Schon gut!«

Der Kommissar lachte still in sich hinein.

»Unser armer Eugen Warmuth muss also seinen Mörder gekannt haben. Sonst hätte er ihn nicht in die Wohnung gelassen.« Hofbauer versuchte, seinen Gesprächspartner wieder auf den harten Boden der Kriminalistik zu holen.

»Oder war es Selbstmord?« fragte Denicke zerstreut, offensichtlich noch immer mit dem erfolgreichen Torschuss Podolskis beschäftigt.

»Wie kommen Sie denn darauf? Wenn man tot ist, kann man keine Likörgläser oder was auch immer verschwinden lassen. Erinnern Sie sich bitte: Wir haben nichts dergleichen gefunden.«

»Stimmt. Durchaus richtig. Kleiner Irrtum meinerseits. Na ja«, der Mediziner klang schon wieder recht forsch. »Aber da ist noch etwas.« Er machte eine vielsagende Pause. »Warmuth hatte Krebs. Magenkrebs. In absolut ernstzunehmendem Stadium.«

Hofbauer setzte sich auf den Stuhl, der neben dem Fernseher stand. Er musste das erst einmal überdenken.

Mein Mann war kerngesund, hatte Frau Warmuth gesagt. Und dann von der Liebe geschwärmt, die angeblich die beste Medizin darstellte.

»Sind Sie ganz sicher? Irrtum ausgeschlossen?«

»Hundertprozentig.« Denicke schien leicht gekränkt. »Aber wie das alles zusammenpasst«, sein Ton klang jetzt sehr von oben herab, »das rauszukriegen ist ja Ihr Job, Herr Kommissar. Ich für meinen Teil habe meine Pflicht getan.«

»So ist es.«

»Dann wünsche ich viel Spaß!«

»Danke.«

»Serfuss!«

Hofbauer legte auf. Er ging ins Schlafzimmer, um nach seinem Trainingsanzug zu suchen. Manchmal geschah es, dass ihm beim Laufen gute bis sehr gute Gedanken zuflogen. Manchmal.

Er zog den Trainingsanzug an, drückte noch einmal auf den Knopf des Fernsehers und bekam grade noch die 92. Minute mit, in der Schweinsteiger vom Platz gestellt wurde.

»Gratuliere!«

Hofbauer beschloss, runter zum Fluss zu laufen. Dort würde er einer Vielzahl frustrierter Männer begegnen, die versuchten, die blamable Niederlage abzuschütteln und tief in den Fluten der Isar zu versenken. Aber frische Luft würde ihm guttun, er hatte da seine Erfahrungen.

Er fuhr mit dem Lift nach unten.

Was wusste er über Flora und Eugen Warmuth? Über das Umfeld dieses idealen Ehepaars? Nichts, Herr Kommissar, Sie wissen gar nichts!

Er setzte sich in Trab, ein wenig mühsam, wie er missmutig feststellte.

Irgendjemand hatte dem alten Lehrer das Gift eingeflößt. Scheinbar mühelos. Ein Freund? Eine Freundin? Und warum? Warmuth war kerngesund gewesen, behauptete Frau Flora. Er hatte Krebs, sagte Dr. Denicke.

Eins und eins war nicht unbedingt immer zwei, auch das gehörte zum Kripoeinmaleins.

Sie würden morgen zu Flora Warmuth fahren und ganz von vorne beginnen. Ein liebend Weib war zu mancherlei Kaprizen fähig. War dies das richtige Wort, meine Gnädigste?

Leider gab es in der Ettstraße einen gewissen Staatsanwalt Dieckmann, der von Hofbauers Mordtheorie nichts wissen wollte.

Sie saßen am nächsten Tag, zehn Uhr, um den falschen Biedermeiertisch herum, Hofbauer, Anita, die heute in ein dezentes Oliv gekleidet war, und Kollege Lichtlein.

Staatsanwalt Dieckmann, Hofbauers schriftlichen Bericht in der Hand, spazierte dozierend auf und ab. Der Unteroffizier in Person.

»Wir haben keinerlei Hinweise auf irgendwen oder irgendwas«, sagte er, mit seiner unangenehm schneidenden Stimme. »Der arme, alte Mann hat Selbstmord begangen, so einfach ist das.«

»Und das Glas? Und die Flasche mit dem Likör?« Hofbauer konnte es nicht fassen. »In irgendeinem Behältnis muss er das Zeug doch getrunken haben. Oder er hat es mit dem letzten Atemzug aus dem Fenster geschmissen. Wir haben aber nichts gefunden.«

Dieckmann ließ den Bericht auf den Tisch segeln und rückte sich die Krawatte zurecht. Er begann, völlig zusammenhangslos, von der Bergtour zu reden, die er am vergangenen Tag, »meinem ersten freien Tag seit Monaten«, absolviert hatte.

»Von der Diavolezza zum Berninapaß, Oberengadin. Sechs Stunden, für mich eine Kleinigkeit! Und abends gleich wieder zurück nach München.«

»Alle Achtung!« rief Lichtlein dienstbeflissen. »Und das Fußballspiel? Haben Sie das nicht mitgekriegt?«

»Welches Fußballspiel? Ich interessiere mich nicht für diese Art von sogenanntem Sport. Das müssten Sie eigentlich wissen.«

»Aber es ist die Europameisterschaft!«

»Vom Fernsehsessel aus! Prachtvoll!«

Hofbauer wollte von seiner Joggingrunde erzählen, aber er entschloss sich dann doch, es besser bleiben zu lassen. Ein kurzer Blickwechsel mit Anita, und er sagte: »Wenn Sie erlauben, Herr Staatsanwalt, Frau Mauermann und ich, wir sind trotz allem anderer Meinung. Was den aktuellen Fall betrifft. Wir werden Warmuths Gattin noch mal ausführlich befragen, jetzt, nach den neuen Erkenntnissen. Sie schwindelt, wenn sie den Mund aufmacht.«

»So, so, sie schwindelt.« Dieckmann schien nicht ganz bei der Sache zu sein. »Ja, ja, das Umfeld, das Täterprofil, wenn es denn einen Täter gibt ...« Er verschränkte die Hände hinter dem Rücken.

»Sagen Sie mal, Hofbauer«, er beugte sich nach vorne, »kann ich Sie, hm«, er zögerte, wandte sich an Anita, »Frau Mauermann, holen Sie mir doch bitte den Vorgang Lukatowsky, Sergej aus dem Aktenkeller. Lassen Sie sich ruhig Zeit! Und Sie, Lichtlein, Sie begleiten die Kollegin, ja? Tun Sie das?«

Lichtlein eilte gehorsam zur Tür. Anita ging mit einem nahezu unsichtbaren Grinsen betont langsam hinterher. Gespannt wartete Hofbauer auf das, was nun kommen sollte.

Dieckmann setzte sich auf den Stuhl, dem Kommissar genau gegenüber. Wartete. Betrachtete konzentriert seine gepflegten Fingernägel.

»Wie lange kennen wir uns jetzt, Hofbauer?« fragte er nach einer Weile.

»Acht Jahre, Herr Staatsanwalt.«

»Eine lange Zeit.«

»Der Begriff Zeit ist relativ.« Der Kommissar hatte keine Ahnung, auf was dieses merkwürdige Intermezzo hinauslaufen sollte.

Dieckmann vertiefte sich wieder in das Studium seiner Fingernägel. Plötzlich fragte er, ganz ohne Arroganz und sichtlich bewegt: »Hofbauer, ganz ehrlich: Haben Sie schon mal dem Tod ins Auge geblickt? Unverwandt und direkt?«

»Natürlich«, antwortete Hofbauer ruhig. »Das gehört zu meinem Beruf.« Er dachte kurz nach. »Da war diese Sache, wie war das doch gleich ...«

Aber Dieckmann ließ ihn nicht ausreden.

»Ich befand mich in Lebensgefahr«, hauchte er. »Gestern. Bei der Bergtour. Eine lächerliche Bergtour, bergab. Ich wollte einen Blick auf die Karte werfen, bei dieser dämlichen Abzweigung, kennen Sie die Abzweigung runter zur Hütte?«

»Nein.«

»Äh ja, natürlich nicht. Wie sollten Sie auch.« Dieckmann versuchte, den Faden wiederzufinden. »Ich bin ein paar Schritte vorwärts gegangen, mit der Karte ganz nahe vor meinem Gesicht«, dramatische Pause, »leichtsinnig, ich weiß. Und wäre um ein Haar in den Abgrund gestürzt. Hundert Meter tief. Um ein Haar. Was sagen Sie jetzt?«

»Mit Seil und Haken, den Tod im Nacken ...«

»... Bergkameraden sind wir!«

Hofbauer biss sich auf die Lippen. Er betrachtete den Staatsanwalt, der noch immer aufgewühlt auf seinem Stuhl saß und die Ironie der Szene überhaupt nicht begriff. »Und? Was ist dann passiert?« fragte er schnell.

»Aufgrund dieses eben geschilderten Vorfalls, mein Lieber, bin ich heute, wie soll ich mich ausdrücken«, Dieckmann hatte gar nicht zugehört, »auf eine ganz gewisse Weise, sagen wir mal, versöhnlich gestimmt.«

Er faltete die Hände. »Mord! Immer nur Mord! Dieser Beruf kostet mich Jahre meines Daseins.«

Er bedeckte sein Gesicht mit einem Taschentuch.

»Und trotzdem, wenn man alle Fakten betrachtet«, seine Stimme fand langsam wieder zur gewohnten Schärfe zurück, »ich glaube, Hofbauer, auf eine gewisse Art und Weise haben Sie richtig kombiniert.«

Das Taschentuch verschwand wieder in seiner Jacke.

»Sie meinen?«

»Den Fall, wie hieß er gleich, den Fall Eugen Warmuth. In Planegg. Es war doch in Planegg, oder irre ich mich?«

»Nein.«

»Möglicherweise sollten Sie doch in Richtung Mord eruieren. Es hilft ja nun alles nichts. Somnifen in Likör ...«, er runzelte die Stirn, »hochinteressant. Das kam mir schon von Anfang an verdächtig vor. Wenn da nicht dieser Schock mit dem jähen Abgrund gewesen wäre.«

»Ich verstehe.«

»Ganz nebenbei«, Dieckmann sprang auf und breitete ungestüm die Arme aus, »der Bergkamerad, der mich gerettet hat, Sie werden es nicht glauben, Hofbauer, das war mein treuer Lupus. Lupus, der Wolf, der Hund, der Schäferhund. Er hat gebellt. Geknurrt und gebellt. Ich hab das Geräusch noch immer im Ohr. Was sagen Sie jetzt?«

Hofbauer suchte vergeblich nach einer passenden Antwort. Wenn Anita dagewesen wäre, für sie wäre das kein Problem gewesen. Auch Lichtlein, in seiner schleimigen Art, hätte mit Sicherheit einen entsprechenden Satz von sich gegeben.

Schließlich murmelte der Kommissar, man könne nicht vorsichtig genug sein in den Bergen, aber es sei ja Gott sei Dank alles gutgegangen.

Daraufhin saßen sich die beiden Herren eine unangenehme Minute lang schweigend gegenüber.

»Doofes Ding, das Lied vom Seil und Haken«, sagte Hofbauer endlich. »Entschuldigung! War nicht sehr passend.«

»Allerdings!« Der Staatsanwalt war nun vollends wieder im Hier und Jetzt angekommen.

»Unser kleines Zwiegespräch«, er wandte sich zur Tür, »bleibt unter uns, verstanden?«

»Natürlich.«

Er straffte sich. »Wenn Frau Mauermann erscheint, fahren Sie noch mal raus nach Planegg. Fragen Sie die Leute im Haus.«

»Machen wir.«

»Wann war gleich wieder der Todeszeitpunkt?«

»Irgendwann am vergangenen Sonntag. Nachmittags, oder abends. Vielleicht sogar während des Fußballspiels.«

»Das Fußballspiel war doch gestern.«

»Gestern war Kroatien.«

»Spielen die auch Fußball?«

»Hin und wieder.«

»Da kenn sich einer aus!« Kopfschüttelnd drückte Dieckmann auf die Klinke. Draußen stand Anita, einen verstaubten Aktendeckel in der Hand.

»Der Fall Lukatowsky«, sagte sie.

»Lukatowsky, Sergej«, ergänzte Lichtlein, der hinzugetreten war.

»Hat leider etwas länger gedauert.«

»Oh! Danke!« Dieckmann zupfte sich am rechten Ohrläppchen. »Kroatien spielt Fußball, wussten Sie das?«

Und dann eilte er zum Aufzug, mindestens genau so verblüfft wie das Trio der ihm nachstarrenden Kriminaler.

»Was hat er denn?« fragte Anita.

»Er hat keine Ahnung.«

»Worüber haben Sie gesprochen?«

»Über die Abseitsregel. Aber die versteht ja eh kein Mensch.«

Hofbauer war fair genug, sein Versprechen zu halten. Rasch wechselte er das Thema.

»Wir nehmen unsere Ermittlungen im Mordfall Warmuth auf«, sagte er feierlich. »Wisst ihr was? Warmuth wurde während des Matches gegen Polen umgebracht. Genau zu der Zeit. Stimmt übrigens auch mit den Berechnungen des Pathologen überein.«

»Warum?« Lichtlein ärgerte sich noch immer, weil er von Dieckmann, wie er inzwischen gemerkt hatte, umsonst in den Keller geschickt worden war.

»Der Mörder oder die Mörderin«, Hofbauer machte eine bedeutsame Pause, »konnte da nahezu sicher sein, von niemandem gesehen zu werden. Jedermann hockte vor dem Glotzkasten. Richtig?«

»Richtig!« bestätigte Anita.

Lichtleins »Na, ja, ich weiß nicht« nahmen sie nicht zur Kenntnis.

»Wir klappern das Hochhaus ab«, sagte Hofbauer. »Hochhäuser haben Ohren, ich weiß das. Und dann nehmen wir uns Frau Flora noch mal vor.«

»Der Gedanke ist nicht schlecht, aber ...«

»Kollege Lichtlein, du bleibst da!« sagte Hofbauer entschieden. »Wenn's kompliziert wird, rufen wir dich zu Hilfe«, setzte er versöhnlich hinzu.

»Ich hab ja sowieso keine Zeit. Der Fall Lukatowsky, Sergej, ist viel, viel wichtiger.« Mit einem Anflug von grimmigem Humor klopfte er auf den vergammelten Aktenordner.

»Dann sind wir uns ja einig.«

»Frau Flora, wir kommen!« rief Anita mit grünen Augen.

Anna-Lisa hatte nicht geantwortet.

In der Schule sah sie einfach weg oder lief davon, wenn Bastian in ihre Nähe kam. Das war vielleicht deswegen, weil er sich ein paarmal mit Corinna unterhalten hatte, auf dem Forum von SchülerXX.

Aber er wollte von Corinna momentan nichts wissen. Obwohl sie interessante Hobbys hatte, Reiten und Snowboarden und unter dem Stichwort Beziehungsstatus *ich such dich* geschrieben hatte.

Anna-Lisa, die früher ständig von einem Schwarm plappernder Weiber umgeben war, hatte seit Tagen keine Freundinnen mehr. Und alles nur wegen diesen bescheuerten Clips, die sie ins Netz gestellt hatte.

Die Mails, die auf ihrem digitalen Gästebuch landeten, waren krass:

*anna-lisa, du Hure, wir wissen wo du wohnst*
*fick dich, du hure*
*warum kommst du nicht mehr zum abtanzen*
*fresse*
*stirb, am besten gleich, du fotze*

Vorgestern hatte sie sich bei SchülerXX abgemeldet. Sie hatte sich unsichtbar gemacht, Bastian fand das irgendwie feige. Einerseits. Wenn er genau darüber nachdachte, konnte er es allerdings ganz gut verstehen.

Denn was da mit Anna-Lisa abging im Forum, da brauchte man schon gute Nerven.

Bastian besaß Nerven wie Stahlseile.

Der Deutschlehrer war blöd. Natürlich hatte er gemerkt, dass Bastian bei Wikipedia geklaut hatte. Es gab einen Verweis, den seine Mutter mit einem Blick unterschrieb, dass ihm kotzübel geworden war.

Janick hatte irgendeinen Scheiß von wegen Pflichterfüllung ausgespuckt, bis Bastian dem Typen erklärte, er habe ihm überhaupt nichts zu sagen.

Jetzt war die ganze Family sauer.

Und Papa Hauptkommissar blieb auch weiterhin unsichtbar.

Da halfen nur YouTube und ein paar Fetzen mit sehr viel Blut.

Deutsch als Leistungskurs zu nehmen war nicht so toll, das sah Bastian inzwischen ein.

Vielleicht sollte er mal wieder irgendein Buch lesen, einen sogenannten Klassiker, aber schon der Gedanke daran verursachte ihm Magenschmerzen. Der Deutschlehrer hatte was von Theodor Fontane gefaselt. Das Zeug gab's jetzt speziell für Schüler, in eine leicht lesbare Form gebracht, und man hatte alle schwierigen Wörter rausgestrichen.

Bastian hatte mal *Effie Briest* angefangen, da ging's irgendwie um einen Brief und dann um Scheidung und so. Vollkommen lächerlich. Es war sowieso Quatsch, zu heiraten, wenn man sich später doch wieder scheiden ließ.

Man konnte auch ohne heiraten Spaß miteinander haben.

Physik musste er noch erledigen. Und Französisch. Und Mathe.

Für Sekunden kam ihm der Gedanke, Anna-Lisa über den Chatroom zu fragen, ob sie ihn heiraten wollte. Ein toller Einfall. Da würden sich die Jungs kaputtlachen. Und die Mädels würden sich zu Tode kichern.

Am besten, er schmiss die Schule und wurde Fernfahrer.

Aber derlei Gedanken waren pubertär.

Sagte Janick.

Planegg ist bekannt durch sein Blaues Rathaus, seine neue Aula und durch seine Kiesgruben, die in den Fichtenwäldern des Herrn Barons an ferne Mondkrater erinnern. Seit ein paar Jahren ist der Ort um eine zusätzliche bauliche Sensation reicher.

In der Josef-von-Hirsch-Straße, unweit der Volksschule und der Polizeistation, bringen zwei Häuser Einheimische und Fremde immer wieder zum Staunen: Das linke Haus ist rot, das rechte blau angemalt, und beide haben, und das ist das Überraschende, an ihrer Längsseite ein schiefes Dach.

Die Dächer schneiden die oberen Fenster in gewagter Schräge einfach ab, rücksichtslos. Was der Architekt grandios und die Gemeinderäte Planeggs schlicht »deppert« fanden. Nach langen Diskussionen aber wurde das bauliche Unikum erstaunlicherweise genehmigt.

Vor diesen beiden Häusern parkte Hofbauer seinen Dienstwagen.

Nachdem Anita die seltsamen Gebäude, wie bei ihrer ersten Begegnung, mit einem bewundernden »Wow!« gewürdigt hatte, zeigte Hofbauer auf den nur ein paar Meter entfernt liegenden »Wolkenkratzer«, in dem Eugen Warmuth sein geheimnisvolles Ende fand.

»Ich bin inzwischen fest davon überzeugt«, sagte er, »dass der Mord tatsächlich am vergangenen Sonntag zwischen 20:45 und 22:30 Uhr geschehen ist. Während des Fußballspiels.«

Sie gingen den kurzen Fußweg hinüber zu dem großen Rechteck an der Wand mit den Dutzenden von Klingelknöpfen. Anita läutete. Das Summen des Türöffners spülte sie ins Innere des Kastens.

»Lift oder Treppe?«

»Ich Aufzug, du Treppe«, sagte Hofbauer.

»Kein Problem.«

Sie kamen fast gleichzeitig oben an.

»Gut durchtrainiert«, lobte der Kommissar.

Anitas zauberhaftes, etwas atemloses Lächeln stand in drastischem Gegensatz zu Flora Warmuths leidendem Gesicht, das ihnen Sekunden später entgegenkümmerte.

Die Witwe fabrizierte ein mattes »Hallo« und führte die beiden Beamten widerstrebend ins Wohnzimmer. Dort saß Bodo Klotz, der Reporter der Würmtal-SZ, und bekritzelte seinen Notizblock.

»Servus, die allgegenwärtige Kripo, da hab ich ja mal wieder den richtigen Riecher gehabt!« Er lachte stolz.

»Die Herrschaften kennen sich?« fragte Flora Warmuth misstrauisch.

Der Reporter murmelte etwas von »selbstverständlich« und »Beruf ist Beruf«, dann streckte er behaglich die Beine von sich. »Ich recherchiere. Unsere Jobs sind sich zuweilen erstaunlich ähnlich, nicht wahr, Anita?«

»Ich heiße Mauermann.«

»Aber ja doch, weiß ich doch, klar wie dicke Tinte.«

»Dicke Tinte ist nicht klar.«

Hofbauer beschloss, dem liebevollen Gesäusel ein Ende zu bereiten. »Wir haben ein paar Fragen zu stellen, dienstlich, und selbstverständlich«, seine Stimme wurde streng, »unter Ausschluss der Presse.«

»Ich bin ja schon weg!« Klotz raffte Block und Kugelschreiber zusammen. »Gibt es denn Neuigkeiten?«

Er konnte es nicht lassen.

»Ich meine, die Sache mit Warmuths Krankheit wissen Sie, ja?«

Hofbauer spitzte die Ohren.

Die Witwe zischte ein verbiestertes »Halt den Mund!« in Richtung Bodo Klotz, der aber ungerührt seine Notizen im Inneren seiner Jacke versenkte.

»Wieso? Reg dich nicht auf, Flora! Eugen hatte Krebs, der Ärmste, wir kommen alle mal dran.«

»Jetzt aber ganz langsam.« Hofbauer setzte sich auf einen der Stühle, die um den Tisch herumstanden. »Woher, Herr Klotz, wissen Sie das von Warmuths Krebsleiden? Und wieso duzen Sie sich mit Frau Warmuth?«

»Sie sind aber neugierig! Na ja, gehört zu Ihrem Beruf. Zu meinem übrigens auch. Aber ich glaube, ich hab das schon mal erwähnt.« Der Reporter amüsierte sich enorm. »Flora und ich, wir singen zusammen im Kirchenchor. In Pasing. Können Sie erfragen, kein Problem.«

»Weiter!«

»Nichts weiter.« Klotz stand auf. »Ich dachte, ich muss mich verdünnisieren. Soll ich jetzt, oder soll ich nicht?«

Anita trat einen Schritt nach vorne, stützte die Hände auf den Tisch. Ihr Stimme klang nicht sehr charmant. »Wo waren Sie am Sonntagabend, zwischen 20.45 und 22.30 Uhr? Ganz schnell antworten, nicht lange überlegen, okay?«

»Wo ich war? Ist das wichtig?« Bodo Klotz grinste vergnügt. »Public Viewing. Marienplatz. Wenn Sie Zeugen brauchen, den Müller, den Bach, den Fiffi und noch ein paar tausend andere. Ich lass Ihnen die Liste zukommen, Frau Mauermann.« Die letzten beiden Worte hatte er mit einer ganz besonderen Betonung unterlegt.

»Und Warmuths Krankheit?«

»Davon wusste niemand. Nur Flora und ich.«

»Einverstanden!« Hofbauer machte eine einladende Handbewegung Richtung Tür. »Grüßen Sie Ihre Kolleginnen und Kollegen in der Redaktion!«

Der Reporter erhob sich. »Was war denn am Sonntagabend? Außer Fußball?« fragte er neugierig.

»Auf Wiedersehen!«

Klotz verbeugte sich widerwillig und verließ ärgerlich die Wohnung.

»Jetzt zu Ihnen, Frau Warmuth.«

Die Witwe, diesmal mit absolut korrekt sitzender Perücke, drückte mit Gesicht und Körpersprache pures Unverständnis aus.

»Was wollen Sie denn noch immer? Was bedeutet diese dämliche Frage, wo Bodo den Sonntagabend verbracht hat?« Sie stand mitten im Zimmer, drohend, die Spitzen ihrer Füße fast rechtwinklig gespreizt.

Hofbauer bemühte sich um einen verbindlichen Ton. »Wir haben, gnädige Frau«, keine Nuance Ironie war zu hören, »leider etwas sehr Unangenehmes zu berichten. Ihr Mann ist, wir sind uns ganz sicher, keines natürlichen Todes gestorben.«

»Was sagen Sie da?«

»Ihr Mann wurde vergiftet. Mit einem stark wirksamen Barbitursäure-Präparat.«

»Könnte man auch K.o.-Tropfen nennen«, ergänzte Anita.

»Sie sind nicht bei Verstand!«

»Oh ja!«

Die Wirkung von Hofbauers und Anitas Worten war erschreckend. Flora Warmuth begann unvermittelt zu heulen, erst lautlos, verhalten, dann bedeckte mehr und mehr eine Flut von Tränen ihr geschminktes Gesicht. Sie hockte sich auf das Sofa, in sich zusammengekrümmt, scheinbar rettungslos verloren.

Es läutete.

Flora Warmuth zeigte keinerlei Reaktion. Es läutete ein zweites Mal. Dann wurde ein Schlüssel im Türschloss umgedreht, eilige Schritte waren zu hören, und ein Mann erschien, klein, dicklich, grauer Anzug. Unbedeutendes, rundes Dutzendgesicht.

»Flora!« Er stürmte auf die Witwe zu, umarmte sie, küsste ihr die Tränen von den Wangen. Flora Warmuth gab sich ganz seinen Liebkosungen hin, zumindest für Sekunden, dann versuchte sie sich aus der Umklammerung zu lösen.

»Paulchen«, flüsterte sie, »dass du gekommen bist!«

Sie rutschte ein Stück zur Seite. »Das hier ist Kommissar Hofbauer. Und seine, ich weiß nicht, Assistentin.«

Der Mann mit dem Dutzendgesicht ließ unwillig seine Arme sinken. »Kommissar, wie bitte? Aber wieso denn?«

»Hofbauer, Kripo München. Mauermann, meine Kollegin.«

»Ja? Und?«

»Nichts und!« Anita kam wieder einmal unverblümt zur Sache. »Wer sind Sie? Was haben Sie hier zu suchen?«

»Paul Langenfeld, mein Name«, stotterte der Angesprochene, »Drogist. Dreiundfünfzig Jahre alt. Ich bin, wie soll ich sagen, ein Freund des Hauses.«

Flora Warmuth war anzusehen, wie unangenehm ihr das alles war. Ihr Make-up ramponiert, zwischen Schmerz und Verlegenheit kämpfend, saß sie da. Die Perücke war, wieder einmal, hoffnungslos verrutscht.

»Wo waren Sie am Sonntag zwischen 20:45 und 22:30 Uhr?« fragte Hofbauer.

»Ist das wichtig?«

»Ja!«

Die Antwort kam zögernd, vermischt mit einem verblüffenden Anteil Besitzerstolz. »Ich war in Gauting, bei Flora.« Langenfeld legte den Arm um die Witwe. »Ich bin ein Mensch von Ehrlichkeit. Flora ist meine«, er stockte nun doch, »gute Bekannte.«

»Ihre Geliebte!«

»Wenn Sie's so nennen wollen. Ja!«

Die Warmuth öffnete den Mund, aber Hofbauer ließ ihr keine Chance. »Eugen Warmuth wurde vergiftet. Am Sonntagabend. Sind Sie tatsächlich sicher, Herr Langenfeld, zur Tatzeit in Gauting gewesen zu sein?«

Der kleine, dickliche Herr schluckte. Er betrachtete Flora Warmuth, beäugte das Kohleportrait, das sie gerahmt und neben die Kuckucksuhr gehängt hatte, dann versank er in stummes Nachdenken.

»Ich höre!«

»Was wollen Sie denn hören?« Langenfeld schien unbemerkt den Hebel umgelegt zu haben. Er sah jetzt aus wie ein gewiefter Vertreter, der einem Kunden schlechte Staubsauger andrehen wollte. »Ich war in Gauting«, sagte er kühl. »Flora wird das bestätigen.«

Anitas belustigtes Grinsen brachte ihn nicht aus der Ruhe.

»Sie glauben, ich habe Eugen ermordet? Das glauben Sie doch, oder? Warum sollte ich? Er wusste von unserem, nennen wir es mal, Verhältnis. Und er war zufrieden.«

»Ja, dann ...«

»Eben.«

»Rauchen Sie? Chesterfield zum Beispiel?««

»Leidenschaftlich nein.«

Hofbauer erhob sich, reichte dem seltsamen Paar die Hand. Anita verzichtete darauf, unhöflicherweise.

Der Kommissar wandte sich noch einmal an die Witwe. »Ihr Mann hat eine Lebensversicherung abgeschlossen. Fünfzigtausend Euro. Was machen Sie damit?«

»Wir machen eine Weltreise«, sagte Langenfeld frech. »Und ich verkaufe meine Drogerie. Sollen die Leute doch zum Schlecker-Markt laufen. Tun sie sowieso.«

Die beiden Kriminaler gingen zur Tür.

»Man sieht sich immer zweimal im Leben. Stammt von Ihnen, Frau Warmuth.«

Hofbauer überreichte dem Drogisten sein Kärtchen.

»Kommen Sie doch bitte morgen Vormittag in unser Büro. Wir brauchen Ihre Fingerabdrücke, Herr Langenfeld. Und eine hübsche DNA machen wir auch. Reine Routine.«

Und damit verließen sie die gastliche Stätte.

»Was glaubst du?« fragte Hofbauer, als sie draußen standen. »Hat er Dreck am Stecken?«

»Er ist Drogist.«

»Und Drogisten haben mit Barbitursäure-Präparaten nix zu tun.«

»Da muss ich mal drüber nachdenken.«

Hofbauer läutete an der Nachbarwohnung. »Hochhäuser sind alle gleich«, sagte er, als sich nichts rührte und niemand öffnete. »Von außen hässlich und von innen unerfreulich. Insgesamt deprimierend. Man könnte aus dem Fenster springen, wenn man mutig genug wäre.«

»Hallo Chef! So kenn ich Sie gar nicht!«

»Vergiss es, mein Liebling.«

Anita wurde rot, auf ihre ganz besondere, zauberhafte Art. Hofbauer allerdings bemerkte es nicht.

Sie machten die Runde, ernteten Hundegebell hier und das laute Gezwitscher eines Kanarienvogels dort. Behausung Nummer sechs allerdings war von einem Menschenkind bewohnt. Eine Kette rasselte, und durch den Türspalt piepste eine schüchterne Mädchenstimme. »Die Mami ist nicht da. Und ich bin krank.«

»Dann wünsch ich dir gute Besserung! Möchtest du ein Hustenbonbon?« Hofbauer kramte in seiner Jackentasche.

»Ich darf nichts annehmen. Ich bin schlau. Und größer als du.«

»Ja, wenn das so ist!«

Die Tür fiel wieder zu.

Sie gingen ein Stockwerk tiefer, putzten erneut die Klingelknöpfe. Aus der Wohnung, die genau unter der Eugen Warmuths lag, tauchte ein Mann im Bademantel auf, ein Schinkenbrot in der Hand. Er sagte, er kaufe keine Illustrierten, und außerdem sei er Hartz-IV-Empfänger und stehe demnächst auf der Straße.

»Wir brauchen lediglich eine kleine Auskunft«, sagte Hofbauer und hielt seinen Ausweis in Richtung des Schinkenbrotes.

Der Bademantel zuckte die Achseln.

»Sie haben von Warmuths Tod gehört, Herr ...«, Hofbauer sah nach dem Namensschild, »Herr Häring?«

»Türlich.«

»Eine schlimme Sache, nicht wahr?«

»Nö!«

»Warum denn nicht?«

Der Rest des Schinkenbrotes verschwand in Härings Mund. »Eugen hatte Hörner aufm Kopf. Jetzt hat er seine Ruh. Denn da gibt's Paule, den Heiratsschwindler.«

»Wieso denn Heiratsschwindler?«

Statt einer Antwort klappte die Tür ins Schloss. Um nach Sekunden wieder geöffnet zu werden. »Ich hab nix gesagt, Tschüss!«

Anita packte den seltsamen Zeitgenossen am Ärmel. »Nun lauf nicht gleich wieder weg! Warum ist Paule ein Heiratsschwindler? Kannst du uns das mal verklickern?«

Häring pulte sich mit der Zunge eine Brotkrume aus der Zahnlücke. Dann sagte er: »Bleibt unter uns? Klar?«

»Wir schwören!«

Häring tat so, als würde er es glauben. »Der Gringo war schon mal im Knast«, flüsterte er. »Warum, weiß ich nich. Aber irgendwas war da, mit Erbschleicherei oder was in der Richtung.« Er putzte sich seine Nase mit dem Mantelärmel. »Ganz nebenbei«, seine Stimme war jetzt fast nicht mehr zu hören, »is da so ein Gemurmel im Haus wegen Mord. Ich will ja niemandem was Schlechtes nachsagen, is nich meine ganz spezielle Art.«

»Wie kommen Sie denn auf Mord?« fragte Hofbauer scheinheilig.

»Keine Ahnung. War nur Spaß.«

»Das ist aber eine sonderbare Art von Spaß.«

Der Mann im Bademantel runzelte die Stirn. Plötzlich schien ihm der rettende Gedanke gekommen zu sein. Er sagte: »Wegen die vielen Leute vor n paar Tagen. Wegen Polente und wegen die Kerle in den weißen Gummizeug. Das is doch so bei Mord, müssten Sie doch wissen.«

Häring lächelte verschmitzt. Er lehnte sich gegen den Türrahmen, er schien langsam Gefallen an der Unterhaltung zu finden. »Ich würd Sie ja gern reinbitten, aber seit meine Tusnelda weg is, sieht's bei mir nich mehr ganz so vornehm aus. Es is wegen Hartz-IV. So ne Ehe hält ja allerhand aus, aber nich Hartz-IV.«

»Ist Ihnen ...«, begann Hofbauer, aber der Bademantel war in Schwung geraten. »Man redet nich mehr mitnander, man schweigt sich an. Mit jede Menge stille Vorwürfe. Und denn beginnt die Isolation.«

»So kann's gehen.«

»Und morgen muss ich auf die Straße. Vielleicht geh ich ins Obdachlosenasyl, hätt ich auch nich gedacht, dass ich mal im Obdachlosenasyl landen tu.« Er spuckte den unangenehmen Namen aus wie ein Ladung Kieselsteine. »Ich kann nich mehr fernsehgucken, weil der Apparat is kaputt. Ausgerechnet jetzt, bei Fußball. Erst war der Kasten noch okeeh, aber jetzt is er hinüber.«

Er stieß Hofbauer freundschaftlich in die Seite. »Am Sonntag war übrigens Paule da, Sonntagabend, ich bin kurz mal ...«

»Wer war da?« Hofbauer war so überrascht, dass er Häring gar nicht ausreden ließ. Er bemerkte seinen Fehler, sah kurz zu Anita hinüber, der es gerade noch gelang, eine gleichgültige Miene aufzusetzen.

»Paule!« Der Mann im Bademantel kam sich jetzt sehr wichtig vor. »Ich bin mal runter in der Halbzeit, um meine letzte Flasche Bier aus dem Keller zu holen. Da hab ich ihn gerochen.«

»Wen?«

»Den Ganoven. Ich meine, seine Zigarette. Chesterfield, er raucht immer nur Chesterfield. Ich hab so ne feine Nase, ich riech das, ich hab nämlich mal inne Parfumfabrik gearbeitet, da war ich besser als der beste Parfümeur. Wenn Se wissen, was das is.«

»Wissen wir, keine Angst.«

Häring begann von seinen Erlebnissen in der Fabrik zu erzählen. Vor drei Jahren sei das gewesen, und er habe Geld verdient wie Heu. »Aber alles is wieder weg. Alles!«

»Chesterfield«, murmelte Hofbauer. »Die Zigarettenkippe, die der junge Zinner gefunden hat.«

»Du willst also behaupten«, spann Anita den Gedanken ihres Chefs weiter, »dass du diesen Paule, ich meine, Herrn Langenfeld, gewissermaßen gerochen hast?«

»Hab ich doch grade gesagt.«

»Gesehen hast du ihn nicht?«

»Nö!«

»Schade.«

Der Bademantel schwieg.

Sie entfernten sich ein paar Schritte, entlang der großen Glaswand mit den Balkonen davor.

»Langenfeld raucht nicht«, erinnerte sich Hofbauer. »Hat er jedenfalls behauptet. Und er war in Gauting. Angeblich.«

»Ein sehr dünnes Alibi«, flüsterte Anita.

»Die Leute vom Labor haben gesagt, mit der Zigarette ist nicht viel anzufangen. Leider.«

»Das wird nix, Chef. Trotz des schönen Motivs.«

»Fünfzigtausend Euro Lebensversicherung.«

»Lassen wir's besser, meinen Sie nicht auch?«

Tief unten fuhr der Bus zur Haltestelle, und die merkwürdig kleinen Planeggerinnen, fleißige Hausfrauen zumeist, stiegen ein und aus.

»Hallo!« Häring winkte ihnen zu. »Kommen Sie doch mal!«

Als sie wieder vor ihm standen, sagte er: »Vielleicht hab ich den Paule doch gesehen. Und nich nur gerochen. Könnte durchaus sein. Ich meine«, er senkte seine Stimme, »wenn

Sie mir helfen, wegen ner Wohnung, ich meine, wir machen so nen Deal, steht ja immer in der Zeitung, dass sowas läuft.«

»Na, du bist ja die Wucht in Tuben!« Anita war mindestens genau so perplex wie ihr Chef.

»Wissen Sie, was Ihnen auf Falschaussage blüht?« Hofbauer schüttelte den ideenreichen Menschen vor ihm einmal gründlich durch. »Gefängnis! Nur damit Sie informiert sind, Herr Häring.«

Der Mann im Bademantel war nicht unbedingt beeindruckt. »Is auch nich schlimmer als Obdachlosenasyl«, erklärte er ungerührt und zog sich seine Schlafanzughose nach oben. »Aber Paule war da, so wahr ich Gustav Häring heiße.«

Kopfschüttelnd über so viel Unverständnis zog er sich wieder in seine Behausung zurück. Er vergaß sogar, die Tür zu schließen. Man hörte ihn noch eine Weile herumrumoren, dann war es still.

»Was machma jetzt?« fragte Hofbauer.

»Wir wandern in ein sonniges Wochenende, Chef. Ich mit meinen Lieben, und Sie«, sie stockte, »vielleicht sollten Sie mal wieder, ich will Ihnen ja, Mensch, Chef, schaun Sie doch mal wieder bei Bastian vorbei. Wie macht er denn so, der Bengel?«

»Es geht ihm ganz gut, vermutlich.« Dabei stellte Hofbauer im Stillen fest, dass er nicht die leiseste Ahnung hatte, wie es Bastian augenblicklich ging.

»Ich fahre jetzt mit der S-Bahn nach München«, sagte Anita. »Haben wir ja schon öfters gehabt. Und Sie besuchen Ihren Herrn Sohnemann, einverstanden?«

»Wenn du meinst«, Hofbauer ließ sich tatsächlich überreden. »Möglicherweise ist das gar keine so schlechte Idee.«

Es war eine miserable Idee. Aber das sollte sich erst im Laufe des späten Nachmittags herausstellen.

Die Begrüßung verlief zufriedenstellend. Die Bügelfalte saß noch im Büro, wie Hofbauer erfuhr, und das war schon mal recht erfreulich. Claudia erklärte sich bereit, für Kaffee und Kuchen zu sorgen. Sie hatte für ihren Exmann sogar ein relativ freundliches Lächeln übrig.

Sie tranken zusammen eine Tasse Kaffee. Sie unterhielten sich über das Wetter. Hofbauer stellte fest, dass die Leere, die zwischen ihm und Claudia geherrscht hatte, noch immer vorhanden war. Frustriert ging er hinüber zu Bastian.

Der saß, wie gehabt, vor seinem Computer.

»Hallo Dad!«

»Hallo Bastian! Wie geht's den Avataren?«

»Avatare sind out. Ich mache jetzt Videoclips.«

»Aha!«

Ob Bastian sich freute, seinen Vater zu sehen, konnte Hofbauer nicht feststellen. Der Junge starrte auf den Bildschirm, die unverzichtbaren Headphones über den Kopf gestülpt.

»Schau mal, das ist Lupi.«

Sie betrachteten einen etwa achtzehnjährigen jungen Mann, der auf einem Mountainbike durch die Gegend bretterte, auf einem Surfbrett über meterhohe Wellen ritt, mit Mädchen knutschte und in eine scheinbar sehr emotionale Debatte mit einem Lehrer verwickelt war.

»Toll«, sagte Hofbauer unsicher.

»Supertoll!«

»Und was macht dieser Lupi sonst noch so?«

»Lupi ist tot. Von nem Auto überfahren.«

»Oh! Das tut mir aber leid!« Hofbauer überlegte betroffen, was er noch zusätzlich sagen sollte, aber Bastian kam ihm zuvor.

»Braucht dir nicht leid zu tun. Du kennst ihn ja nicht. Lupi lebt trotzdem irgendwie weiter. Hier, auf unserem Onlinefriedhof.«

Bastian begann mit flinken Fingern einen Text zu verfassen. »Wir schreiben ihm täglich was rein. Auf diese Weise behält er sein Profil, kapiert?«

Hofbauer setzte sich auf Bastians Bett. Irgendwie war ihm plötzlich seltsam mulmig zumute. Er spürte seine Arme auf bisher unbekannte Weise, alles war ganz anders als sonst, er wusste nur nicht, wie.

»Die Videoclips, die ich fabriziere, sind kotzig schlecht«, sagte Bastian.

»Was meinst du?«

»Könnt ich mal mit dir über was reden? Hast du Zeit, oder musst du sofort wieder weg?«

Hofbauer war froh, dass er auf Bastians Bett saß und nicht irgendwo herumlaufen musste. Denn sein Kopf war ungewohnt schwer geworden, ihm war schwindlig, er hatte dergleichen noch nie erlebt.

»Ob du weg musst, meine ich.«

»Nein, wieso? Ich bleib schon da.«

Anita hatte recht gehabt, mit ihrem Vorschlag, Bastian zu besuchen. Sicher hatte der Bub Probleme wegen diesem Lupi oder wie er hieß. Vielleicht war es auch Liebeskummer, die Sache mit Thekla, erinnerte sich Hofbauer, war noch nicht allzu lange her.

»Es gibt da so irre Typen, die machen super Vlogs, fast jeden Tag neue. Und sie verdienen sagenhaft Kohle damit.«

Also doch kein Liebeskummer.

Ob Bastian aber noch immer mit seinem Text an den toten Freund beschäftigt war, konnte Hofbauer nicht erkennen. Die Bilder auf dem Schirm wechselten ständig. Sein Sohn schrieb irgendwas, dann wartete er, dann schrieb er wieder. Und zwischendurch unterhielt er sich mit seinem Vater.

»Was ist denn ein Vlog?«

»Also es ist so, Dad, ich brauch dringend Geld. Für ne neue Kamera. Und Beleuchtung und alles. Und ich möcht mir ein Auto kaufen, nur ein ganz kleines, der Svenni hat auch eins. Seine Alten sind allerdings Reichschweine, geb ich zu.«

Wenn dieses blöde Gefühl in seinem Kopf nur nicht gewesen wäre. Und diese Schweißausbrüche. Hofbauer versuchte, sich auf Bastians Worte zu konzentrieren.

»Wer braucht ein Auto?«

»Ich! Ich brauch ein Auto.«

»Lern erst mal was!«

»Wie meinst du?«

»Kannst du mal kurz, ich weiß nicht, mein Kopf ...«

»Sag mal, was hast du denn?« Bastian drehte sich um. Sein Vater saß auf dem Bett, schweißüberströmt, erschreckend blass. »He, Dad, hast du was genommen? Drogen oder so?«

Bastian sprang auf und rannte aus dem Zimmer.

Hofbauer wunderte sich, dass die Lampe an der Decke, diese Lampe, plötzlich zu flimmern anfing. Wie eine Silvesterrakete.

Aber sie stieg nicht nach oben, sie blieb immer am gleichen Fleck. An der gleichen Stelle. Und jetzt zersprang sie in tausend Stücke.

Als er wieder zu sich kam, stand Claudia vor ihm, mit großen, erschrockenen Augen.

»Was war denn los?«

»Du bist ohnmächtig geworden.«

»Das gibt's doch nicht!«

Er fühlte sich grauenvoll. Er versuchte aufzustehen, aber seine Knie waren derart wacklig, dass er sich schnell wieder setzte.

Zu allem Überfluss erschien die Bügelfalte, sehr geschäftig, betont sachlich. »Ich hab den Notarzt gerufen. Er ist sofort da. Kommt mit Blaulicht:«

»Aber das ist doch nicht nötig. Ich bin okay.«

Janick lächelte milde.

Sie standen um ihn herum, ratlos, wussten nicht, was sie tun sollten.

»Haben Sie ein Aspirin im Haus?«

Das war urkomisch. Dieser Mensch fragte den Exmann seiner jetzigen Frau, ob er Aspirin im Hause habe. Das sprach nicht unbedingt für ihn. Verdammt noch mal, diese Kopfschmerzen waren ja immer noch nicht weg!

»Könntet ihr mal rausgehn?«

»Wie bitte?«

»Ihr sollt mal verduften.«

Bastian schob seine Mutter und den sprachlosen Janick mit sanfter Entschlossenheit aus dem Zimmer. Er setzte sich neben seinen Vater.

Langes Schweigen.

Endlich sagte Bastian: »Das war zuviel, Papa. Weiß ich total.«

»Alles klar.«

»Ich hab dir zu viel zugemutet.«

»Geht schon.«

»Hast du mal n Taschentuch?«

»Äh, nein. Was ist denn jetzt schon wieder los?«

Die Tür sprang auf, und zwei Menschen in Samariteruniform erschienen. In ihrer Mitte Dr. Hönninger.

»Hallo Hofbauer! Sie machen mir Spaß!« Der Doktor packte ihn am Handgelenk. »Na, dann schaun wir mal. Na ja, na ja, Puls ist normal, immerhin.«

Hofbauer erklärte, er freue sich, Hönninger so schnell wiederzusehen, beziehungsweise, eigentlich nicht, dann wollte er seinen Sohn vorstellen, der aber war verschwunden. Und dann hielt er vorerst einmal seinen Mund.

Währen die Samariter ein Dutzend Pflaster auf seinen nackten Oberkörper klebten, irgendetwas von EKG und so weiter erzählten, prüfte Hönninger den Blutdruck.

»Absolut knackig!« stellte er fest. »140 zu 220. Beachtlich!«

»Ich fühl mich beschissen.«

»Kann ich mir vorstellen.«

Hönninger sprühte dem Patienten etwas in den Mund, verpasste ihm eine Spritze und sagte dann: »Wir bringen Sie jetzt ins Klinikum. Dort bleiben Sie erst mal. Mit so einem Hochdruck ist nicht zu spaßen.«

Hofbauer widersprach, mit matter Stimme und nicht sehr überzeugend.

Claudia erschien, war sich mit dem Doktor sofort einig, auch Janick gab seinen Senf dazu. Während ihn die Samariter von den Schläuchen auf seiner Brust befreiten und ihm empfahlen, eine Zahnbürste mitzunehmen.

»Ich habe hier keine Zahnbürste«, erklärte Hofbauer.

»Kann man kaufen«, sagte Hönninger.

Die Samariter fragten nach seiner Versicherung, er antwortete, so gut er konnte. Sie verfassten einen ausführlichen Bericht, dann führten sie Hofbauer wie einen Todkranken hinaus, legten ihn auf die Trage und schoben ihn in ihr Auto. Routiniert und gelassen. Hönninger setzte sich neben ihn.

»Ich komme mir vor wie eine meiner Leichen«, sagte Hofbauer.

»Ihren Humor haben Sie wenigstens noch nicht verloren.«

Sie fuhren durch die Straßen, ob mit Blaulicht oder nicht, war Hofbauer egal. Komischerweise fielen ihm die Augen zu, er riss sie wieder auf und starrte zu der niedrig über ihm schwebenden Decke.

»Warmuth wurde vergiftet. Hat die Pathologie rausgekriegt.«

»Das ist jetzt überhaupt nicht wichtig für Sie. Womit wurde er denn vergiftet?«

»Barbiturate. Im Likör.«

»Auch nicht schlecht.«

Sie fuhren jetzt immer geradeaus, es waren keinerlei Kurven zu spüren, offensichtlich befanden sie sich auf der breiten Würmtalstraße.

»Ich muss morgen wieder fit sein«, sagte Hofbauer.

»Selbstredend.«

»Was haben Sie mir denn da eigentlich verpasst? Morphium oder was?«

»Ganz ruhig. Gleich sind wir da.«

Das Auto stoppte. Die Tür ging auf, man schob ihn raus und verfrachtete ihn auf einen bereitstehenden fahrbaren Untersatz, schob ihn irgendwohin, in irgendeine fast stockdunkle Station in irgendeinem Krankenhaus.

Es war ihm alles egal.

Dr. Hönninger schwamm davon, und an seine Stelle trat eine weißgekleidete, lieblich lächelnde Fee.

»Wir messen jetzt Ihren Blutdruck«, sagte die Fee. »Alle fünf Minuten. Das ist nicht schlimm.«

Eine junge, asiatisch wirkende Gestalt klopfte an der Vene von Hofbauers linkem Arm herum, setzte eine Kanüle und hängte ihn an den Tropf. Die Manschette des Blutdruckgeräts presste seinen rechten Oberarm zusammen, schnurrte empört und entspannte sich wieder.

»Sieht schon wesentlich besser aus«, sagte die Fee.

Es musste sich um eine Ärztin handeln, denn alle gehorchten ihren mit sanfter Stimme gegebenen Anweisungen.

Hofbauer schlief ein. Nicht sehr tief, denn um ihn herum schienen noch weitere Notfälle in ihren unbequemen Betten zu liegen. Sie stöhnten und schnarchten, die asiatische Gestalt eilte hin und her, Hofbauers Messgerät schnurrte, und die Flüssigkeit tropfte in seine Vene.

Irgendwann kam die Fee, betrachtete ihn sorgenvoll und sagte: »Sie bleiben heute Nacht bei mir.«

»Nichts lieber als das«, antwortete Hofbauer.

Die himmlische Gestalt lächelte.

Die Großgaststätte Heide-Volm gehörte zu Planegg wie das Flüsschen Würm und der unsterbliche Karl Valentin. Vater Willi Heide und Sohn Georg betrieben neben der Gaststätte auch noch das Oktoberfestzelt Bräurosl, wobei der Vater sich mehr und mehr den heiteren Repräsentationspflichten widmete und der Sohn den beschwerlichen Geschäften.

Der Heide-Volm, so sein gebräuchlicher Name, lag nur ein paar Schritte vom S-Bahnhof entfernt, zum kleinen Wallfahrtskirchlein Maria Eich waren es zu Fuß etwa fünf Minuten, was dem reuigen Trinker in alten Zeiten sehr gelegen kam. Heute wurden solche Zusammenhänge eher weniger beachtet.

In den weitläufigen Gaststuben war Platz für jegliche Geselligkeit. Die Ortsvereine von SPD und CSU hielten dort ihre Versammlungen ab, zeitlich versetzt, selbstverständlich. Für die Grünen und die Planegger FDP und die Parteifreien war das schnuckelige, im Keller gelegene Zirbelstübchen vorbehalten.

Es war Samstag, der 14. Juni, 13:10 Uhr.

Rund um den Stammtisch, in einer der gemütlichen Nischen, hockte eine Runde besorgt aussehender Männer. Sie waren alle weit über siebzig, aber noch gut im Saft, gepflegt und wohlgenährt.

»Habt ihr die Zeitungen gelesen?« Ein Mensch namens Bender, der so dick war, dass er gut und gerne auf zwei Stühlen Platz gefunden hätte, fischte SZ und Merkur aus einer ledernen Mappe.

»Eugen ist ermordet worden, steht hier. Mit Likör. Dieser Bodo Klotz von der SZ hat's rausgekriegt.«

Er faltete seine dicken Hände wie zu einem stillen Gebet.

»Man muss nicht alles glauben, was in der Zeitung steht«, sagte ein ruhig und sympathisch wirkender Mann mit einem falsch geknüpften Hemd unter der karierten Jacke.

»Wie kann man denn mit Likör jemanden ermorden, frage ich euch?«

»In dem Likör war Gift, lieber Randolf.«

»So ein Scheiß.«

Einer der Herren bestellte ungerührt ein Viertelchen Côte du Rhone. »Beeil dich, Gaby«, rief er der Bedienung zu, »und verschütt nicht wieder die Hälfte!«

»Keine Angst.«

Der Dicke lachte.

Zinkgraf, der mit dem noch üppigsten Haarkranz der Runde gesegnet war, nahm seine Serviette und bastelte geschickt einen zierlichen Schwan daraus, den er elegant über das Tischtuch gleiten ließ.

»Unser Künstler ist mal wieder aktiv«, spottete die Runde. Als der Künstler erbost die Stirn runzelte, riefen sie schnell: »Beruhige dich, Anton, wir sind ja froh, dass wir dich haben, das weißt du doch.«

In die entstandene Stille hinein servierte die Bedienung den Wein.

»Eugen war ein netter, harmloser Kerl«, sagte sie. »Das gibt's doch gar nicht, dass den jemand ermordet.«

»Du hast recht, Gaby, es ist unvorstellbar!«

Der ruhige Typ, den sie Randolf nannten, faltete die Würmtal-SZ auseinander. »Dieser Klotz, oder wie er heißt, schreibt, Moment mal«, Randolf suchte mit dem Zeigefinger nach einer bestimmten Stelle, »hier steht's: ›Man wollte von mir wissen, wo ich während des Polenspiels gewesen bin. Da ist er wohl ein wenig zu weit gegangen, der Herr Kommissar.‹«

»Während des Polenspiels?« rief Zinkgraf. »So ein Schwachsinn! Was soll diese blöde Frage?«

»Sie meinen, der Mörder oder was weiß ich wer war am Sonntagabend bei Eugen während dieses Spiels. Und Eugen hat ihn, so meinen Sie, selber reingelassen.«

»Und dann hat er unseren Eugen umgebracht.«

»Was die sich alles zusammenreimen!«

»Sagenhaft!«

»Flora hat mich angerufen«, der Dicke bestellte sich einen Schweizer Wurstsalat, »am Dienstagnachmittag. Sie war etwas wirr.«

»Was heißt das?« fragte Randolf.

»Na, ja. Du kennst sie ja. Sie übertreibt immer ein bisschen. Erst hat sie von Herztod geredet, ganz normal. Und dann von Gewalt und Bedrohung oder was weiß ich.«

»Das Gleiche hat sie zu mir auch gesagt.« Der Künstler ließ den Serviettenschwan über sein Weinglas schweben. »Aber nach dem, was sie erlebt hat, ist es doch ganz normal, dass sie wirres Zeug redet.«

»Flora tut mir trotzdem leid«, sagte Randolf.

»Sie hat doch ihren Putzi oder Pauli oder wie er heißt. Jetzt geht's rund in der Josef-Danzinger-Straße, das könnt ihr mir glauben.« Zinkgrafs Schwan landete wieder auf dem Tisch.

»Nur kein Neid!«

Der dicke Bender verschlang seinen Wurstsalat, dann gab er bekannt, er brauche jetzt erst mal eine gute Zigarre.

»Dann müssen wir rausgehn, ins Freie.«

»Tut uns vielleicht ganz gut«, sagte Zinkgraf. »Bring uns ein paar kleine Blonde, Gaby!«

Die Zigarren wurden gebracht, fachkundig abgezwickt und wieder auf den Tisch gelegt.

»In unserem Alter kann man rauchen, so viel man will!«

»Tag und Nacht, ohne Rücksicht auf niemanden!«

»Da binden sich die Würmer sowieso schon die Servietten um.«

Sie kicherten wie die Teenager. Der Juniorwirt kam vorbei, gab jedem die Hand und versprach eine Runde aufs

Haus. »Williams Birne, meine Herren. Ist schon im Anrollen.«

»Danke, Schorsch, besten Dank!«

»Trinken wir auf unseren Eugen!«

»Ja, das tun wir. Auf Eugen!«

Zinkgraf erhob sich. »Eugen, wir denken an dich«, sagte er. »Das Alter ist für uns, die wir zurückbleiben, ein schmerzliches Hineingleiten in die Einsamkeit. Es ist die wahre Tragödie. Prost!«

Er setzte sich wieder auf seinen Platz. Die Freunde schwiegen ergriffen.

»Das hast du aber schön gesagt, Anton.« Bender räusperte sich gerührt.

»Ich hab ne Ladung Amphetamine günstig auf Lager«, verkündete Zinkgraf nach einer Pause. »Das Leben muss ja irgendwie weitergehen. Es geht immer irgendwie weiter.« Er machte eine Pause. »Wenn jemand Interesse hat?«

»Was willst du denn jetzt noch mit deinen dämlichen Amphetaminen?« Randolf konnte es nicht fassen. »Wir haben doch ganz was anderes vor!«

»Stimmt!« nickte Bender. »Das Projekt, unser großer Coup, sag mal, schläfst du den ganzen Tag, oder was?«

Zinkgraf, an den die Frage gerichtet war, lächelte mitleidig. Er sagte: »Du bist und bleibst ein Anfänger, Dicker. Du weißt nix, und du kannst nix. Nur gescheit daherreden, das kannst du.«

Der Dicke reagierte gereizt. »Dann lass dir was einfallen. Du bist unser Genie, es ist dein Job, nicht meiner!«

»Halt's Maul!«

»Nimm das zurück!«

»Leck mich!«

Ein paar Gäste, die am Nebentisch saßen, blickten empört herüber. »Plärrt nicht so rum!« rief einer von ihnen. »Ihr gehört sowieso schon längst ins Bett. Mittagsschlaf!«

»Und du scheißt noch in die Hose, du Grünschnabel!«

Die Bedienung eilte herbei, klopfte Randolf auf die Schulter. »Sei staad Schatz, sonst gibt's wieder Ärger.«

Randolf beruhigte sich nur mühsam.

»Is des dei Gspusi?« schrie der Mann vom Nebentisch herüber.

»Des geht dich gar nix an!«

Die Gäste lachten und widmeten sich dann wieder ihrer Unterhaltung. Die Stammtischbrüder nuckelten an ihrem Wein oder Bier.

Schließlich sagte Bender, indem er seinen unförmigen Zeigefinger erhob: »Eugen ist tot, und wir streiten uns wie die Idioten. Schämt euch!« Und zu Zinkgraf sagte er: »Was wir brauchen, ist Zeit. Und Geduld. Und vergiss nicht: Eine erstklassige Druckqualität. Wenn schon falsch, dann richtig.«

»Schlauberger«, war Zinkgrafs einzige Antwort.

»Am Sonntag geht's gegen die Ösis.« Randolf wechselte abrupt das Thema. »Meint ihr, dass Deutschland gewinnt?«

»Die Rache für Cordoba, null zu eins! Sparwasser! Ich weiß es noch wie heut.«

»Das wär was für Eugen gewesen. Wo er die Ösis sowieso nicht mag.«

Zinkgraf faltete den Schwan auseinander und ließ mit geschickten Händen eine Schwalbe entstehen.

»Noch eine Woche, oder zwei«, murmelte er, »dann werdet ihr staunen!«

»Hat das was mit deiner neuen Idee zu tun?« wollte Randolf wissen.

»Ich sag's euch gleich. Aber nicht hier drinnen.«

»Dann gibt's jetzt ne schöpferische Pause. Beine vertreten und Pipi machen.«

Sie nahmen ihre kleinen Blonden und marschierten in den Wirtsgarten. Zündeten die Zigarren an, pusteten den Rauch in die Luft.

»Nun red schon«, drängte Bender.

Zinkgraf hüstelte geheimnisvoll. »Ich hab versucht, zwei Druckverfahren zu kombinieren. Ihr wisst ja, das, was bis jetzt rausgekommen ist, war leider nur Schrott. Da hab ich mich hingesetzt und hab nachgedacht.«

»Mach's nicht so spannend!« Der Zwischenruf kam von Randolf.

Der Künstler aber ließ sich nicht stören. Unbeeindruckt fabrizierte er kreisrunde Rauchkringel, die sich wie ein doppelter Heiligenschein um seinen Haarkranz legten. »Schwierigkeiten gab's mit dem Papier. Und mit der Farbe. Gut, hab ich mir gedacht, setz dich hin und mach klickerdiklick. Und dann hatte ich die zündende Idee.«

»Und die wäre?«

Zinkgraf lächelte wissend. »Sagt ihr's auch nicht weiter?«

»Bist du meschugge?«

»Also gut.« Rauchkringel Nummer zehn und elf folgten. »Passt auf! So wird's gemacht: erst Offset, dann Siebdruck. In dieser Reihenfolge. Das ist des Rätsels Lösung. Sieht ziemlich gut aus, sehr gut sogar.«

Die Zigarre glühte.

Bender strahlte wie der Vollmond, Randolf nickte zufrieden.

»Erst Offset, dann Siebdruck. Schenial!«

»Aber ...«

»Was aber?«

»Zu viel Makulatur.«

»Das macht doch nix!«

»Und ob. Es gibt da nämlich noch ein anderes Problem.«

»Und das wäre?«

»Das Problem seid ihr!«

Hofbauer erwachte in einem schmucklosen, aber lichtdurchfluteten Krankenzimmer. Man hatte ihn von Tropf und

Messgerät befreit, er fühlte sich gut, verspürte Hunger nach einer Honigbrezel und Durst nach einem frischen Cappuccino.

Im Nachbarbett neben ihm lag ein Mensch, der gebannt ein stummes Fernsehprogramm verfolgte. Der Apparat hing oben an der Decke, putzig und nur mit Mühe zu entdecken.

Der Mensch hieß Max Sowieso und hatte, wie er in knappen Worten berichtete, zwei Tage vorher einen Herzschrittmacher verpasst bekommen. »Kleinigkeit, völlig normal, lächerlich.«

Hofbauer sagte, er habe eine Hochdruckattacke erlitten. Gestern Abend, aus heiterem Himmel.

»In unserem Alter völlig normal. Kleinigkeit, lächerlich.«

»Ah, ja.«

Plötzlich erschien ein weißer Kittel, männlich, in Begleitung eines Schwarms anderer weißer Kittel, weiblich.

»Guten Morgen! Ich bin Dr. William. Na, was haben wir denn?«

Hofbauer berichtete, was ihm in den vergangenen Stunden widerfahren war. Dr. William studierte ein Blatt Papier, dann meinte er, der Patient müsse leider dableiben, es sei Samstag, und die entsprechenden Untersuchungen könne man erst am Montag vornehmen.

»Aber am Montag muss ich ins Büro. Ich habe einen Mordfall aufzuklären«, wagte Hofbauer zu insistieren.

Dr. William zog ein Gesicht, als habe sein Patient einen glänzenden Witz gemacht, dann beschäftigte er sich mit Herrn Sowieso von Bett nebenan. Schließlich lief er mit seinem Schwarm weiter ins Nachbarzimmer.

Hofbauer sah zur Uhr. Es war kurz nach halb zehn. Er überlegte, ob er Claudia anrufen sollte. Oder Bastian. Vielleicht auch Anita, um ihr ein paar Hinweise auf das Erscheinen des Drogeriebesitzers zu geben. Wenn er, Hofbauer, denn tatsächlich für längere Zeit hier gefangengehalten wurde.

Er trank den Tee, der in einer Kanne auf seinem Nachttisch stand, und aß eine Wurstsemmel. Er wollte gerade sein Bett verlassen, um mal zu pinkeln, als ein weiterer Arzt erschien, in Begleitung nur einer einzigen Schwester. Er sei Dr. Sahib, erklärte der Arzt, was er für ihn tun könne?

Hofbauer sagte sein Sprüchlein auf.

Die Schwester maß den Blutdruck, Dr. Sahib fühlte den Puls. Er murmelte »Na, ja, geht schon so«, und verordnete zwei Tabletten, die Hofbauer jeweils früh und abends zu nehmen habe. Die ersten beiden Püppchen lasse er schon mal gleich da.

Die Schwester drückte ihm die Dinger in die Hand, beobachtete, wie Hofbauer sie mit einem Schluck Tee gehorsam hinunterspülte, um ihn dann wie einen Schulbuben zu loben.

Dr. Sahib wechselte ein paar freundliche Worte mit Herrn Sowieso, dann waren sie wieder allein.

Hofbauer zog Hose und Hemd an, ging auf die Toilette und erledigte seine Geschäfte. Er stellte fest, dass er noch immer keine Zahnbürste hatte. Unentschlossen setzte er sich an den kleinen Tisch unter dem Fernsehapparat.

Was sollte er tun? Konnte man hier irgendwo was zu Lesen besorgen? Herr Sowieso sagte auf Anfrage, es gebe einen sogenannten Besucherbereich, in dem man alles kaufen könne, was das Herz begehre.

»Nur Gesundheit leider nicht.« Sein Leidensgenosse lachte, zum ersten Mal seit etwa einer Stunde.

Hofbauer rief Bastian an. Aber sein Sohn war nicht zu Hause. Ärgerlich warf er sich auf sein Bett. Ein trostloses Wochenende lag vor ihm, keineswegs ein sonniges, wie Anita versprochen hatte.

Verdammt noch mal, vielleicht sollte er einfach auf den Gang hinausgehen und verduften. Er war ein freier Mensch und konnte tun, was ihm beliebte.

Er fragte seinen Bettnachbarn, wie man in den angekündigten Besucherbereich gelangen könne. Der Nachbar sagte, nichts sei einfacher als das, man müsse draußen gleich rechts gehen, dann zwei Stockwerke nach unten, dann einmal so herum und einmal so, und dann sei man schon da.

Misstrauisch macht sich Hofbauer auf den Weg.

Nach einer langen Wanderung stand er zunächst vor der radiologischen, dann vor der gynäkologischen Abteilung. Dann kamen ihm mehrere Männer mit offen zur Schau getragenen, halbvollen Urinbeuteln entgegen. Die Männer waren aus der Urologischen entsprungen und musterten ihn feindselig.

Wo war das versprochene Besucherparadies?

Eine freundlich lächelnde Dame, versehen mit einer Frisur, die man in Bayern Fensterl-Haarschnitt nannte, führte ihn schließlich auf den richtigen Weg. Sie gehörte, wie sie erzählte, der Informationscrew an, deren Mitglieder in dem Riesenlabyrinth des Klinikums dafür sorgten, dass sich niemand verirrte und jämmerlich verhungern musste.

Mit ein paar Schritten waren sie in der komfortabel ausgestatteten Einkaufsstraße angelangt. Die Dame verabschiedete sich und wünschte ihm einen guten Rückweg.

Hofbauer kaufte Süddeutsche und Merkur, die Abendzeitung und eine Ausgabe der neuesten GEO. Er erstand endlich Zahnbürste und -pasta, einen Kamm und eine Nagelschere. Merkur und SZ wussten von dem Mord in der Josef-Danzinger-Straße noch nichts. Allerdings hatte er ja die überregionalen Ausgaben und nicht die des Würmtals vor sich.

Das Abendblatt schwelgte in Vermutungen und Tatsachen, Flora Warmuth hatte, Hofbauer stellte es grimmig lächelnd fest, ihren großen Auftritt gehabt.

Er studierte die Meldungen, das Feuilleton und die griffig geschriebenen Vorschauen auf das Spiel gegen Österreich. Ein Endspiel, wie es hieß. Verlor Deutschland, war Staatstrauer angesagt.

Ein flaues Gefühl im Magen erinnerte ihn an den Rückweg.

Er begann die Expedition in sein Zimmer, stellte fest, dass er sich die Nummer nicht gemerkt hatte, gelangte aber trotzdem wider allen Erwartens zunächst einmal in den richtigen Flur. Dort erwartete ihn ein junges Ding, auf dessen linkem Busen »Elvira« stand. Das junge Ding tadelte ihn streng, weil er nicht zum Mittagessen erschienen war. Das Mittagessen werde um halb zwölf serviert, ob er das nicht wisse.

Hofbauer gab zu, keine Ahnung zu haben. Zum Glück hatte man seinen Namen auf ein Minidisplay vor der gesuchten Zimmernummer gemalt, es war die Nummer zweihundertsechs, er stand nur ein paar Meter davor.

Er trat ein, setzte sich an den winzigen Tisch und aß kalte Suppe und kaltes Hühnerbein mit Apfelmus.

Sein Leidensgenosse betrachtete sich das Fernsehprogramm.

Hofbauer überlegte ein zweites Mal, ob es nicht Zeit war, endlich die Flucht zu ergreifen. Was hatte er hier noch verloren?

Da erschien die märchenhafte Gestalt, die ihn durch die vergangene Nacht geleitet hatte.

Sie hieß Dr. Elly Rose, war dreißig oder fünfunddreißig oder auch schon neununddreißig Jahre alt, es war ihm völlig gleichgültig. In dem Moment, in dem sie mit ihrer weichen Stimme »Da sind Sie ja endlich!« sagte, war Hofbauer ihr rettungslos verfallen.

Der erotische Liebreiz von Frau Dr. Elly Rose überspülte ihn wie eine Tsunamiwelle, die man nur überleben konnte, wenn man Frau Dr. Elly Rose auf der Stelle in die Arme schloss.

Hofbauer verschob die Rettungsaktion, der momentanen Umstände wegen, auf unbestimmte Zeit. Mit großem Bedauern. Und er wunderte sich sehr, dass er noch immer halbwegs normal atmete.

Frau Dr. Elly Rose, die von alldem leider überhaupt nichts mitbekam, setzte ihm auseinander, dass er jetzt eine Reihe von Checks über sich ergehen lassen müsse. »Es ist Samstag, ich weiß, aber ich habe dafür gesorgt, dass Sie sofort drankommen. Ihr Blutdruck, Herr Kommissar, macht mir Sorgen.«

Woher wusste sie, dass er bei der Polizei tätig war? Dabei fand er es herrlich, dass sie sich Sorgen um ihn machte. Wenn auch nur, das wurde ihm nebelhaft klar, aus rein beruflichen Gründen.

Er sagte, er fühle sich wunderbar. Und ob er nicht einfach nach Hause gehen könne.

Frau Dr. Elly Rose antwortete, jetzt mit durchaus dienstlicher Stimme, was nötig sei, sei nötig. Und er solle froh sein, gleich behandelt zu werden. Mit einer Hypertonie sei nicht zu spaßen.

»Selbstverständlich«, sagte Hofbauer. Und wünschte sich irgendwohin, an den Starnberger See, mit einem Glas Rotwein vor sich. Und ihm gegenüber, in einem farbenfrohen Sommerkleid, wie es Anita manchmal trug, saß Elly Rose.

Verdammt noch mal, wieso dachte er jetzt an Anita?

Der Mann vom Hol- und Bringdienst, der ihn in einem der üblichen Krankenstühle durch den Irrgarten schob, war klein, rund, mit einem unbedeutenden Dutzendgesicht versehen.

Er hieß Paul Langenfeld. Das Schildchen auf dem Kittel war nicht zu übersehen.

Nachdem der kleine, dickliche Mann seinen ersten Schrecken überwunden hatte, sagte er mit gepresster Stimme: »Es ist ganz anders, als Sie denken, Herr Kommissar.«

»Wie denke ich denn?«

Langenfeld erklärte, das mit der Drogerie, von der er bei der armen Flora gesprochen habe, sei, er überlegte, sozusagen eine Notlüge gewesen.

Dabei schob er Hofbauer in einen geräumigen Aufzug, in dem sie langsam abwärts zuckelten. Wenn wir jetzt ganz nach unten fahren, überlegte Hofbauer, dorthin, wo die Armen oder die Glücklichen liegen, die es schon hinter sich haben, und er träufelt mir sein teuflisches Somnifen in den Mund ...

»Wir sind da!« rief Langenfeld.

Die beiden Türhälften gaben den Weg frei, und Paule bugsierte seinen Patienten an zahlreichen, allerdings nur dünn besetzten Stuhlreihen vorbei in eine schmale Gasse. Dort stellte er ihn ab wie eine Mülltonne.

»Was nun?«

»Sie werden aufgerufen.«

Hofbauer stand auf, packte Paule unsanft am Ärmel. »Warum haben Sie mich angelogen?«

Langenfeld sah sich hilfesuchend um, aber niemand, der ihm hätte helfen können, war in dem dünnen Wurmfortsatz zu sehen.

»Ist das jetzt ein Verhör?«

»Nein. Nur persönliche Neugierde.«

Der angebliche Drogeriebesitzer dachte kurz nach. »Ich glaube, Sie kommen gleich dran.«, rief er eifrig. »Sie werden geröntgt, da müssen Sie den Oberkörper freimachen, hier, in der kleinen Kammer da vor Ihnen.«

Hofbauer, der immer noch Frau Dr. Elly Rose vor seinem geistigen Auge hatte und der plötzlich wieder dieses taumelige Gefühl in seinem Kopf spürte, war nahe daran aufzugeben.

Fast automatisch wiederholte er seine Frage. »Warum haben Sie gelogen?«

»Flora ist eine attraktive Frau. Und ich bin pleite.« Man sah Langenfeld an, wie unbehaglich er sich fühlte.

»Frau Warmuth hat Sie durchgefüttert?«

»Sie hat mir sehr geholfen. Und ich bin froh, dass ich diesen Job hier gekriegt hab! Die Drogerie ist schon lange weg, mein Vermieter, dieser Verbrecher, hat mich rausgeschmissen.«

Wieder tastete sich sein Blick an den endlosen Türreihen entlang, als sich sein Gesicht plötzlich aufhellte.

»Sie müssen sich schonen!« rief er schnell. »Dürfen sich nicht aufregen. Und ich habe jetzt dienstfrei. Wiedersehn!«

»Nicht vergessen: Montagvormittag! Zehn Uhr! Ettstraße!«

Langenfeld tat, als habe er nichts gehört. Ein hastiges Klackklack davoneilender Gesundheitspantinen, dann hatte den runden, kleinen Mann der Erdboden verschluckt.

Hofbauer war allein. Zum Glück nur ein paar Minuten.

Ein weiteres Sesam öffne dich tat sich vor ihm auf, und ein energisch dreinblickender Graukittel befahl ihm, einzutreten. Hemd und Unterhemd auszuziehen, ebenso die Schuhe. Dann warten, bitteschön!

Das Programm nahm seinen Lauf.

Hofbauer wurde geröntgt, untersucht, abgeklopft, mit Pflastern versehen. Irgendjemand rief schmetternd »Ultraschall!« und klebte ihm eine feuchte Schmiere auf den Bauch. Er musste radfahren, in Sachen Belastungs-EKG. Er musste sich Blut abnehmen und von allen Seiten ausführlich betrachten lassen. Man wog ihn, maß seine Größe, fragte ihn mehrmals, ob er rauche, Sport treibe oder Zucker habe.

Als er endlich wieder auf seinem Zimmer landete, alleine und ohne sich verirrt zu haben, wie er stolz konstatierte, war es fünf Uhr nachmittags, und das Abendessen stand auf dem kleinen Tisch. Es bestand aus Brot, Käse und einem Plastikbecher, in dem sich grünlich gefärbter Quark befand.

Dazu hatte man Pfefferminztee gereicht.

Hofbauers Zimmergenosse betrachtete das Fernsehprogramm. Frau Dr. Elly Rose war nirgends zu sehen.

Auf seinem Bett aber saß, sichtlich angegriffen, sein Sohn Bastian.

»Hi!«

»Hallo!«

»Wie geht's dir?«

»Prächtig!«

Bastian sagte, er sei mit dem Moped gekommen, und er habe gar nicht gewusst, dass das Klinikum so groß sei und so viele Zimmer habe.

»Von außen sieht es aus wie ein riesiges Schiff. Aber ich glaube, die Leute hier drin, die sind alle gut drauf.«

»Diejenigen, die nicht gut drauf sind, sieht man nicht.« Es dauerte eine Weile, bis Hofbauer seiner Überraschung über Bastians Erscheinen Herr geworden war.

»Kannst du dich noch an mein Schiff Kleiner Prinz erinnern?« fragte Bastian.

»Ich glaube schon.« Hofbauer aß ein Stück Brot und eine Ecke von dem Käse.

»Übrigens, von Mama soll ich dir nen Gruß ausrichten.«

»Danke.«

Der Pfefferminztee schmeckte erschreckend intensiv, Hofbauer verzog schaudernd das Gesicht.

»Sie können sich auch ein Bier kaufen, unten, Sie wissen schon, wo.« Der Mensch in Bett Nummer zwei trank einen Schluck Sekt aus einem durchsichtigen Zahnputzbecher. Den Tee hatte auch er ganz offensichtlich verschmäht.

»Wo ist denn dieses Unten?« wollte Bastian wissen.

Es folgte dieselbe Erklärung, die Hofbauer am Vormittag schon erhalten hatte. Bastian nickte, murmelte »No problem«, und zum großen Erstaunen seines Vaters machte er sich auf den Weg.

»Netter Junge«, sagte der Bettnachbar.

Nach fünf Minuten war Bastian wieder da, eine Flasche Bier, eine Cola und eine Leberkässemmel in der Hand. Er stellte das Bier auf den Tisch, öffnete die beiden Flaschen und begann, auf dem Bett sitzend, Brotzeit zu machen.

Kauend sagte er: »Ich hab kein Geld gehabt, ich muss dann noch mal runter. War übrigens ganz leicht zu finden.«

Die Nachtschwester erschien, stellte sich vor und wünschte gesegneten Appetit. Sie erinnerte die beiden Patienten an die Tabletten, die sie zu schlucken hätten, mit Wasser, nicht mit Alkohol! Dann hängte sie Hofbauer einen Apparat über die Schulter, den er, wie sie mahnte, bis zum nächsten Abend nicht abnehmen dürfe. Auch nicht im Bett. Der Apparat messe den Blutdruck, alle zwei Stunden. Gute Nacht!

»Weißt du, was Mobbing ist?« fragte Bastian, nachdem die Schwester wieder gegangen war.

»Meinst du, ich bin blöd?« Die Manschette um Hofbauers Arm pumpte sich voll, das inzwischen schon vertraute Surren begann, dann hatte der Apparat seine Arbeit fürs Erste getan.

»War ja nur so ne Frage.«

»Wer wird denn gemobbt?«

Bastian gab keine Antwort. Er kaute an seiner Semmel herum, trank seine Cola.

Hofbauer schob das letzte Stück Käse in den Mund. Er fragte sich, wie er nach diesem kargen Abendessen, den dämlichen Apparat ständig über der Schulter, die Nacht hinter sich bringen sollte.

Es war jetzt kurz nach sechs Uhr, was sollte er tun, ohne Bücher, ohne Arbeitsunterlagen, fern von seinem gemütlichen Wohnzimmer?

»Es gibt da so n Mädchen, Anna-Lisa heißt sie.« Bastian sprach mit der Colaflasche. »Die Jungs haben so heiße Photos von ihr ins Web gestellt. Ey, und jetzt wird sie total gemobbt.«

»Wie denn?«

»Ganz blöde.«

»Und wie geht das?«

Bastian gab nicht gleich eine Antwort. Er sah sich rasch um nach dem Sekttrinker, dann wandte er sich wieder seiner Colaflasche zu. »Sie bequatschen irre Sachen im Chat. Beleidigungen, du weißt schon, was ich meine. Und auf dem Schulhof redet niemand mehr mit ihr.«

»Und du? Redest du mit ihr?«

»Ich schicke ihr Mails. Und SMS.«

»Immerhin.«

Hofbauer legte die zwei Tabletten, die man ihm verordnet hatte, auf seine Zunge, spülte brav mit Wasser gründlich nach. Er dachte an Frau Dr. Elly Rose. Wenn er ihre Mailadresse irgendwie kriegen könnte, hätte er die Möglichkeit, Kontakt zu ihr aufzunehmen.

Über seinen Dienstcomputer! Welch ein Schwachsinn! Und außerdem: Was schrieb man in einer Mail an ein himmlisches Wesen? Was unternahm man überhaupt heutzutage, wenn Amors Pfeile ... Menschenskind, schon diese Floskel war hoffnungslos veraltet. Und er, der Hauptkommissar, war völlig aus der Übung.

Er stand auf, ging zu seinem Sohn hinüber, setzte sich neben ihn.

»Warst du schon mal so richtig verknallt?« fragte Bastian. »Ich meine, außer bei Mama, früher mal, das ist ja schon lange her, ich meine, irgendwann anders, jetzt oder so ...«

Hofbauer musste lachen. Über die Frage an sich, und dass Bastian sie gerade heute, ausgerechnet heute an ihn richtete.

»Warum lachst du?«

»Nur so.«

Sein Sohn ließ nicht locker. »Bist du verknallt oder nicht? Oder bist du schon zu alt dazu?«

»Ich bin ein Greis. Das weißt du doch!«

»Glaub ich nicht.«

Nun, das war doch schon immerhin etwas. Hofbauer war beruhigt. Und er hoffte, um die Beantwortung von Bastians Frage noch einmal herumzukommen. Was auch geschah. Denn Bastian sah zur Uhr, sprang auf und sagte, er müsse jetzt gehen. Und er brauche Geld für das Essen, das er besorgt hatte.

Ein Zwanzig-Euroschein wechselte den Besitzer.

»Bist du auch schon mal gemobbt worden?«

Dieser Samstag war anscheinend der Tag der Grundsatzfragen.

»Ich hab mal eine Zeitlang meinen Mund nicht halten können«, sagte Hofbauer nach einigem Zögern.

»Warum?«

»Wegen so einem alten Nazi. Er war mein Vorgesetzter.«

»Und der hat dich gemobbt?«

»Ja. Ich habe einige Jährchen länger auf meine Beförderung warten müssen. Aber das ist schon ewig her. Da hat's das Wort Mobbing noch gar nicht gegeben.«

»Die Nazis waren schlimm, oder?«

»Das kannst du laut sagen!«

»Anna-Lisa ist super!«

»Ich kann's mir denken.«

Bastian lächelte verträumt, dann gab er seinem Vater die Hand. »So n Bluthochdruck is scheiße, nicht wahr?«

»Kleinigkeit, völlig normal, kein Problem!« kam es vom Nachbarbett herüber. Der Kollege hatte offenbar jedes Wort mitbekommen, trotz der Kopfhörer, die er trug.

Bastian wurde rot, blieb sekundenlang unschlüssig stehen, dann flüchtete er hinaus auf den Gang.

»Denk dir nix«, rief der Nachbar vertraulich. »Hab selber einen Sohn. Kenn mich gut aus.«

In diesem Moment begann das Messgerät zu schnurren. Hofbauer warf einen Blick darauf. »Hundertzehn zu hundertneunzig«, murmelte er erschrocken.

»Völlig normal«, sagte der Nachbar.

Die Nachtschwester kam, ein weiterer Arzt erschien und verpasste ihm eine Spritze. Und ein Beruhigungsmittel. Hofbauer schlief daraufhin wie ein Sack.

Der Sonntag begann, garniert mit liebenswürdigen Schwestern und freundlichem Hilfspersonal. Er verging trotzdem nur im Schneckentempo.

Hofbauer irrte durch das Klinikum, erkundete es wie ein Pfadfinder. Dabei sah er die Mühseligen und Beladenen, draußen auf den Gängen, er ahnte, was hinter den geschlossenen Türen der Todkranken vor sich ging. Das Sterben, mit dem niemand gelernt hatte umzugehen.

Und es war immer noch Sonntag. Das Messgerät brummte vorschriftsmäßig alle zwei Stunden, die Zahlen in dem kleinen Fenster zeigten sich von Mal zu Mal vernünftiger.

Hofbauer setzte sich auf einen der Stühle in dem kleinen Leseraum, gegenüber seinem Zimmer zweihundertsechs, und versuchte sich Notizen zu machen, betreffend den Fall Warmuth.

Was hatten sie bis jetzt vorzuweisen?

Einen Zigarettenstummel der Marke Chesterfield, kriminalistisch bis dato nicht verwertbar. Einen Drogeriebesitzer, der gar keine Drogerie besaß und kein stichhaltiges Alibi vorweisen konnte. Und der von der Frau des Opfers ausgehalten wurde. Lebensversicherung!

Außerdem einen Herrn Häring, der Paul Langenfeld ›gerochen‹ hatte.

Keine Spur des Likörs, keine verdächtige Flasche, keine verdächtigen Gläser in der Wohnung.

Wenig.

Er setzte drei Ausrufezeichen hinter das letzte Wort.

»Ich wollte, es wäre Abend, und die Österreicher kämen«, murmelte der Kommissar. Sie kamen, Punkt 20:45 Uhr, und sie erwiesen sich als unerwartet aufmüpfig. Sie waren nicht bereit, gegen die deutsche Elf einfach so zu verlieren.

Hofbauer saß zusammen mit all denen, die es im Krankenzimmer nicht mehr aushielten, vor einem riesigen Bildschirm und bemühte sich, das schwache Spiel von Ballack und Co. einigermaßen gut zu finden.

Als es zu Ende war und die Deutschen mit Ach und Krach 1:0 gewonnen hatten, war sein Blutdruck, den Tabletten sei Dank, nur unwesentlich gestiegen.

Er trank mit einem der herumsitzenden Schlafanzüge eine halbe Flasche Apfelsaft und begab sich dann zur Ruhe.

Sein Bettnachbar, der das Spiel vom Kopfkissen aus betrachtete hatte, erklärte, er habe selbst einmal das Amt des Fußballtrainers bekleidet. Und die Nervosität der Deutschen sei völlig normal gewesen.

»Und morgen, mein Freund, morgen werden wir uns entlassen.«

»Wieso sind jetzt plötzlich wir das Problem?« fragte Randolf misstrauisch. »Jetzt, wo es endlich losgehen könnte?«

Zinkgraf warf den Zigarrenstummel in einen der auf den Tischen stehenden Aschenbecher. Es stank bestialisch.

»Weil ihr nichts tut. Der Dicke ist zu bequem, und du, werter Randolf, hast angeblich ständig Rückenschmerzen.«

»Hab ich auch. Ich brauch Massagen. Wir sind alle nicht mehr die Jüngsten.«

»Sind wir auf Kur, oder was?

»Quatsch!«

Der Künstler setzte sich auf einen der Gartenstühle. »In der Werkstatt sieht es aus wie in einem Sauhaufen. Dollar, Dollar, Dollar. Makulatur oder echte, ich hab den Überblick längst verloren. Und wohin mit dem Zaster? Wegschmeißen?«

»Warmuth hätte ne Lösung gewusst.« Der dicke Bender wischte sich die Schweißtropfen von der Stirn. »Aber Warmuth ist tot. Hast du ihn umgebracht, Randolf? Oder du, Zinkgraf?«

Dessen Gesicht wurde krebsrot. »Jetzt bist du endgültig reif für die Klapse!« Zinkgraf tippte sich mit sämtlichen Fingern der rechten Hand gegen die Stirn.

»Dick und doof. Du bist beides zusammen«, sagte Randolf kalt.

Bender wurde immer wütender. »Gebt mir einen Stoß von euren Blüten, und ich tausch sie um. Gegen Euro. Superechte Euro!«

»Und wo machst du das, wenn ich fragen darf?«

Bender wusste keine Antwort. Er zupfte an seinen Fingern herum, biss sich zornig auf die Lippen.

»Schaut mal her!« Zinkgraf griff ins Innere seiner Jacke. »Wenn ihr sie unbedingt sehen wollt – da sind sie. Ganz gut, oder etwa nicht?«

Er sah sich um, dann wedelte er mit einem Packen Dollarnoten vor ihren Nasen herum. »Voilà! Fasst sie mal an! Spürt mal, wie das knistert! Ist das was, ja oder nein?«

Sie grabschten nach dem Geld, mit gierigen Händen und glänzenden Augen. Und im Nu waren die Banknoten in ihren Hosentaschen verschwunden.

»Nix da! Her damit! Das Zeug ist noch viel zu heiß!«

Widerwillig gaben sie ihm ihre Beute zurück, die Zinkgraf sofort wieder ins Innere seiner Jacke stopfte.

»Die Arbeit geht jetzt erst an«, zischte er. »Käufer finden! Und zwar keine, die uns gleich die Rübe wegpusten, wie die Russenmafia oder was weiß ich wer. Habt ihr da schon mal dran gedacht?«

Sie schwiegen.

»Früher, als wir noch Amphetamine verscherbelt haben und n bisschen Koks, da war mir wohler«, sagte Bender leise.

»Feigling!« war Randolfs einziger Kommentar.

»Das perfekte Verbrechen«, erklärte Zinkgraf, »braucht ein perfektes Team. Jeder macht seinen Job. Zuverlässig und exakt.« Er fuhr sich durch seine spärlichen Haare. »Sonst kann man gleich ins Kittchen gehn.«

»Ich steig aus. Trotz allem.« Das war Bender, dessen Gesicht immer verzagter wurde. »Ich mach da nicht mehr mit. Ein Herzinfarkt genügt mir. Ganz und gar.«

»Mitgefangen, mitgehangen.«

»Klugscheißer!«

»Hört auf!« Zinkgraf versuchte, die Gemüter zu beruhigen. »Jetzt, wo wir endlich prima Ware haben, wär's bescheuert, die Nerven zu verlieren.« Er tätschelte seinen Freunden die Wangen.

»Wir müssen uns neu organisieren. Wir müssen die Makulatur verbrennen oder zerschreddern oder in die Würm schmeißen.«

»Toll«, maulte Randolf.

»Das mit der Würm war nur Spaß. Wir treffen uns morgen wieder hier, beim Schorsch. Und bis dahin macht euch ein paar Gedanken.«

»Zu Befehl!«

»Mir fällt ja sowieso nix ein.«

»Kopf hoch! Wir werden doch kurz vor dem Ziel nicht aufgeben.« Zinkgraf sprach auf sie ein wie auf eine Horde kleiner Kinder.

»Ich zahl das Mittagessen. Gaby hat's gewiss aufgeschrieben.« Er klopfte sich gegen die Jackentasche. »Hört ihr's knistern? Na, also. Macht's gut!«

Gegen neun Uhr am nächsten Morgen erschien der Professor, ein blendend aussehender, älterer Herr, zusammen mit einer Entourage freundlich lächelnder Medizinmänner. Mit dabei: Frau Dr. Elly Rose.

Hofbauers Bettnachbar erhielt nach eingehender Unterweisung die Erlaubnis, nach Hause zu gehen. Der Kommissar erfuhr, dass sein Blutdruck jetzt eingestellt sei, er müsse weiterhin die Tabletten schlucken, ein paar Kilo abnehmen und sich schonen.

Auch er dürfe das Klinikum verlassen.

Wenn der Patient ganz sichergehen wolle, könne er in den nächsten Tagen noch einmal erscheinen und per Herzkatheter prüfen lassen, »ob die Pumpe tatsächlich in Ordnung« sei.

Hofbauer wartete auf das »völlig normal« seines Nachbarn, aber es war nichts zu hören.

Der Professor verabschiedete sich, seine Entourage wandte sich zum Gehen.

Der entscheidende Moment war gekommen.

Hofbauer, schon fertig angezogen (und nicht mehr in Unterhose und Unterhemd, in denen er die Nacht verbracht hatte), nahm Frau Dr. Elly Rose, die glücklicherweise etwas abseits stand, an der Hand.

»Ich muss Sie unbedingt noch mal sprechen«, sagte er. Ihr liebliches Gesicht verwandelte sich in ein erstauntes Lächeln.

»Wäre es möglich, meine Hand loszulassen?« flüsterte sie.

»Selbstverständlich!«

»Und warum müssen Sie mich noch einmal sprechen?«

»Es ist privat. Und handelt sich um kein Verhör. Ich gebe Ihnen mein Ehrenwort!« Etwas Besseres fiel ihm leider nicht ein.

»Was machen wir denn da?«

»Wir tauschen unsere Visitenkarten. Das ist immerhin schon einmal ein Anfang.«

»Wenn Sie meinen.«

So geschah es, dass sich Hauptkommissar Peter Hofbauer mit Erfolg verliebte und nicht im Traum daran dachte, dass er in Kürze in einem ganz anderen Krankenhaus landen würde.

Das Kontrastprogramm folgte schnell.

Hofbauer saß in seinem Büro, und neben ihm hockte der Hol- und Bringspezialist Langenfeld. Anita stand am Fenster, frühlingshaft gekleidet, die blühende Konkurrenz zu einer gewissen Frau Dr. Elly Rose.

»Es wird Zeit«, sagte Hofbauer, »die Wahrheit zu beichten. Und zwar in voller Gänze, wie unser ehrwürdiger Altkanzler Kohl sich auszudrücken pflegte.«

»Ich kann Kohl nicht leiden.«

»Darüber lässt sich streiten.«

»Also gut, streiten wir.«

»Wo waren Sie am Sonntag vor acht Tagen zwischen 20:45 und 22:30 Uhr?« Hofbauer hatte keine Lust, auf Langenfelds Ablenkungsmanöver reinzufallen.

»Das hatten wir doch schon mal, werter Herr Kommissar. Ich war in Gauting, bei Flora.«

»Könnte es sein«, fuhr Anita dazwischen, »dass Sie aber im Hochhaus an der Josef-Danzinger-Straße gesehen wurden?«

Der rundliche Mann zuckte zusammen. »Wann denn, bitte schön?«

»Das müssen Sie doch am besten wissen!«

Hofbauer wechselte einen schnellen Blick mit dem Frühling, der da frech am Fenster stand. Langenfeld merkte nichts, da er damit beschäftigt war, sein Vollmondgesicht mit einem weißen Taschentuch abzutupfen.

»Wenn Sie's unbedingt wissen wollen«, schnaufte er, »aber den alten Warmuth hab ich nicht um die Ecke gebracht. Sowas liegt mir nicht. Ich hab ein reines Gewissen.«

»Machen Sie's kurz, Langenfeld. Spucken Sie's aus!«

Der kleine, unscheinbare Mann vor ihnen fasste sich. Er legte mal wieder den Hebel um, von nervös unterwürfig auf jovial und frech. »Also ganz langsam«, sagte er, »zum Mitschreiben.« Er grinste. »Obwohl ich mit einem Geständnis leider nicht dienen kann.«

Hofbauer, der stets auf Überraschungen gefasst war, drückte auf den Knopf des Aufnahmegeräts.

Langenfeld schüttelte den Kopf. »Also gut«, er suchte nach den passenden Worten, »ich war beim ollen Warmuth. Aber nicht während Ihrer sogenannten Tatzeit.«

Er zog ein Gesicht wie ein Clown im Zirkus.

»Es war Sonntag, das stimmt, aber nicht abends, meine Herrschaften, ganz und gar nicht abends. Es war nachmittags, genau um drei Uhr. Das ist der kleine Unterschied. Ich habe dem Knacki gesagt, er solle schleunigst verschwinden. Ins Altenheim. Wir würden alles blechen, hab ich gesagt. Wenn Flora und ich dafür seinen Palast in der Josef-Danzinger-Straße kriegen. Ist doch ne faire Sache, oder etwa nicht?«

Langenfeld nickte zufrieden.

»Sie haben ihn also rausgeschmissen«, stellte Hofbauer bissig fest.

Und Anita fügte boshaft hinzu: »Weil der Arme aber nicht ins Altenheim wollte, haben Sie ihn umgebracht.«

Langenfeld schielte verzweifelt zur Decke. Das Taschentuch trat wieder in Aktion. »Ich geb's nicht auf«, flüsterte er, mehr zu sich selbst. »Nein, ich geb's nicht auf!« Er sah Hofbauer offen ins Gesicht. »Sie können mir zwar die Worte im Mund umdrehen, aber einen Strick drehen können Sie mir nicht. Nein, das können Sie nicht!«

»Sagen Sie die Wahrheit, und wir haben unsere Ruhe.« Hofbauer biss wütend in seine Honigbrezel. »Raus mit der Sprache!«

Sein Gegenüber bekam wieder einmal die zweite oder sogar die dritte Luft. »Ich sage die Wahrheit! Glasklar. Fragen Sie Flora. Sie hat nachmittags noch mit ihrem Alten telephoniert. Was sie ihm am Dienstag kochen soll. Er hat sich Grießbrei gewünscht, den aß er so gerne.«

»Beweise?« rief Anita spöttisch.

»Auch hier wäre es opportun, Frau Warmuth zu fragen.«

»Sie wird die gleichen Märchen erzählen wie Sie, mein Bester.«

Langenfeld erhob sich. »Ich habe Warmuth nicht auf dem Gewissen. Ich hab ihm ein gutes Angebot gemacht. Aber er hat nur den Kopf geschüttelt und gesagt, ich soll verduften.« Langenfeld zuckte die Achseln. »Ich bin dann nach Gauting gefahren. Das ist alles.«

Der rundliche Mensch verbeugte sich, machte kehrt und ging zur Tür. Dort blieb er noch einmal stehen.

»Ich bin in einem Krankenhaus tätig«, sagte er. »Wenn auch an unterster Stelle.« Er lächelte bescheiden. »Aber trotzdem: Wir helfen den Menschen. Wir bringen sie nicht um. Vergessen Sie das nicht!«

Mit einem treuherzigen Gesicht schloss er die Tür.

»Ich befürchte«, sagte Anita nach einem verblüfften Schweigen, »es war ein Fehler, ihn laufen zu lassen, Chef.«

»Er entkommt uns nicht«, tröstete Hofbauer. »Außerdem glaube ich ihm. Er ist ein gerissener Ganove, was die Wohnung betrifft. Aber er ist kein Mörder.«

»Und Sie sind der Ober, und der sticht bekanntlich den Unter.«

»Aber auch der Ober kann sich mal irren.« Hofbauer zog ein versöhnliches Gesicht. »Schau mal, du hast doch immerhin erreicht, dass der Kurze uns seine Story erzählt hat, wobei er sich nicht eben mit Ruhm bekleckert hat, was die Abschiebung Warmuths ins Altenheim betrifft. Er setzt den Alten an die Luft und hockt sich dann wie der Kuckuck ins warme Nest.«

»Eben!« Anita gab nicht auf. »Und weil's nicht geklappt hat, lädt er ihn zu einem süßen Likörchen ein.«

»Warten wir's ab! Widmen wir uns erst mal dem Umfeld unseres Opas. Seinen Freunden, seinen Freundinnen. Vielleicht hat er irgendwo einen Stammtisch? Einen Verein? Menschenskind«, Hofbauer schnalzte mit der Zunge, »noch drei Tage bis zum nächsten Spiel.«

»Ich geh in die Oper«, sagte Anita. »Damit meine Männer ungestört Fußball glotzen können.«

»Sehr rücksichtsvoll«, lobte Hofbauer.

Portugal – Deutschland 2:3. Am Donnerstag, dem 19. Juni, 20:45 Uhr in Basel.

Public Viewing bei Odysseus, der seine griechische Mannschaft schon längst zur Hölle gewünscht hatte. Eingepfercht in einem Pulk lärmender Ouzotrinker, die alle für Germania brüllten, erlebte Hofbauer den *Man of the match*, zu dem Schweini nach dem Spiel befördert wurde. Er schoss das 1:0, legte Klose auf zum 2:0 und war *hungrig und heiß*, wie alle seine Kollegen.

Löw hatte man aus disziplinarischen Gründen auf die Tribüne verbannt, Hansi Flick war Aushilfstrainer. Und was für einer!

Die Deutschen *riefen ihr Potential ab*, woher sie es nahmen, wusste niemand so ganz genau. Und auf einmal sprach jedermann nur noch vom Finale, das greifbar auf dem Rasen herumlag.

Deutschland war im Taumel.

Am Tag darauf fand man den dicken Bender tot im Wohnzimmer seines Hauses. Das Haus war Mittelstück eines Dreispänners, Waldlehrpfad 135, am Ortsrand von Planegg.

Als Frau Adam, die Nachbarin zur Linken, um sechs Uhr früh einen Blick durch die große Fensterscheibe warf, sah sie Bender auf dem Sofa sitzen, mit offenen Augen und offenem Mund. Neben ihm hockte sein Hund Willi, eine misslungene Mischung aus Mops und Dackel, sehr gelehrig und dringend auf sein morgendliches Gassigehen wartend.

Frau Adam, eine energische Fünfzigerin, rief sofort die Polizei. Nach wenigen Minuten war Polizeiobermeister Grandl zur Stelle, zusammen mit dem jungen Zinner, der noch müde war von der Siegesfeier des vergangenen Abends.

Während Frau Adam mit dem Hund widerwillig eine kurze Gassirunde ging, betrachteten die beiden Beamten die Szene.

»Schlaganfall«, sagte Grandl.

»Mord«, sagte Zinner.

»Wie kommst du denn auf diesen Blödsinn?«

Zinner war viel zu müde, um ein überhebliches Gesicht zu machen. »Gestern war Fußball«, sagte er nur. »Und unser Freund ist leichtsinnig geworden.« Der junge Beamte deutete auf ein Likörglas, das auf dem Sofatisch stand. »Hast du dich mit dem Fall Warmuth befasst? Keine Spuren, rein gar nichts. Und trotzdem: Vergiftung durch Aprikosenlikör. Tatzeit: Euro 2006, erstes Spiel der deutschen Mannschaft. So wie gestern, nur dass es diesmal das vierte Match unserer Buam war.«

Ohne auf eine Antwort Grandls zu warten, wählte er die Nummer der Rechtsmedizin. Dann ließ er sich mit der

Münchner Ettstraße verbinden. Dann bat er die neugierig erschienene Frau Adam, den Hund an der Leine zu behalten und nichts anzurühren.

»Wohnt noch jemand hier in dem Haus?« fragte er.

»Nein«, sagte Frau Adam verstört. »Ich weiß aber gar nicht, ob ich Ihnen Auskunft geben darf.«

Sie stand draußen neben der Garderobe und ärgerte sich, dass sie nicht ins Zimmer gehen konnte.

»Sie dürfen«, beruhigte Zinner. »Ist Bender verheiratet?«

»Nein«, kam es zögerlich. »Seine Frau ist schon lange tot.«

»Irgendwelche Angehörige?«

»Ein Sohn. In München. Aber die beiden mögen sich nicht.«

»Das kommt vor.« Zinner setzte sich in einen Schaukelstuhl und wartete.

Hofbauer bog von der Planegger Maria-Eich-Straße in eine der kleinen Nebenstraßen ab. Er parkte den Wagen vor einer üppigen Villa.

Sie gingen ein paar Meter zu Fuß und erreichten schließlich den schmalen Waldlehrpfad.

»Das war früher mal meine Joggingmeile«, sagte er zu Anita. »Früher, als ich noch verheiratet war.«

Anita nickte.

»Hier ist es«, er blieb stehen, »Nummer 135. Friedliche Gegend. Viel zu friedlich für einen Mord. Wenn Zinner recht behält«, fügte er hinzu.

Er begrüßte die Männer der Spurensicherung.

»Serfuss«, rief Denicke, der inzwischen ebenfalls eingetroffen war. »Italien wird Europameister, die Azurri werden von Spiel zu Spiel stärker. Wenn Luca Toni erst mal wieder Tore schießt ...«

»... ist es zu spät«, sagte Hofbauer trocken. »Vorher müssen wir uns aber mit dem armen Kerl hier beschäftigen.« Er deutete auf den Toten.

Er ließ sich von Zinner, der inzwischen wach geworden war, berichten. Auch Frau Adam durfte ihre Beobachtungen erzählen.

Polizeiobermeister Grandl, der sich schnöde übergangen fühlte, blieb beharrlich bei seiner Theorie, Bender habe einen Schlaganfall erlitten.

»Die Pathologie wird uns eine klare Antwort geben«, sagte Denicke fröhlich.

Hofbauer stülpte den Handschuh über seine rechte Hand und hob das vergessene Glas in die Höhe. »Riecht nach Aprikosenlikör«, sagte er. »Ich fürchte«, er warf einen Blick auf das Namensschild des Polizisten, »lieber Kollege Grandl, Ihre Theorie steht auf schwachen Beinen.«

»Wissen wir schon was über den Todeszeitpunkt?« fragte Anita.

Denicke meldete sich zu Wort. »Höchstwahrscheinlich gestern Abend«, sagte er. »Zwischen acht und elf Uhr.«

»Während des Fußballspiels«, stellte Hofbauer zufrieden fest. »Schon zum zweiten Mal dieselbe Masche. Der Mörder ist allein, kein Mensch ist unterwegs. Der Mörder zwingt sein Opfer, das Gift zu sich zu nehmen. Und verschwindet ungesehen.«

Hofbauer ging zu Frau Adam hinüber, die noch immer den Hund in ihren Armen hielt.

»Hatte Bender Feinde? Wie ist sein soziales Umfeld, wo ging er abends hin, wer besuchte ihn?«

Frau Adam, von der Vielfalt der Fragen verwirrt, gab die etwas seltsame Antwort, Bender pflege seine Blumenbeete nur sehr schlampig. Er habe eine Birke in seinem Garten, die jeden Sommer ihre Blütenblättchen über die Landschaft puste, mitten in den Adamschen Krötenweiher. »Und der Hund erledigt seine Geschäftchen ungeniert auf der Straße«, beendete sie ihr Klagelied.

»Bender war also ein ganz normaler Zeitgenosse.«

»Er war dick.«

»Das ist nicht strafbar.«

»Er hat sich manchmal frühmorgens um sechs vor die Türe gestellt und in die Gegend, äh, Sie wissen schon ...«

»Das ist allerdings ein Schwerverbrechen!«

Inzwischen hatte sich eine nicht geringe Zahl Zuschauer an Gartenzaun versammelt. Hofbauer bat den jungen Zinner, die Leute wegzuschicken,

Aus dem rechten Nachbarhaus erschien ein gutgewachsenes, üppiges Frauenzimmer, das sich als Herta Kowalsky vorstellte und berichtete, Bender sei jeden Abend zum Stammtisch beim Heide Volm gegangen. »Dort ist er stundenlang vor seiner Halben Bier und seinem Schweizer Wurstsalat gesessen. Hat mir die Gaby erzählt, sie ist dort Bedienung.«

»Bender war halt ein sparsamer Mensch«, sagte Hofbauer.

»Manchmal ja, manchmal nein«, sagte Herta Kowalsky.

»Was heißt das?«

Die Kowalsky zuckte die Achseln. Manchmal habe Bender gelebt wie ein Mönch, dann wieder habe er das Geld nur so rausgeschmissen.

»Wir haben dann gesagt, jetzt hat er wieder im Lotto gewonnen«, grinste sie. »Er hat sich auf die Gartenbank gesetzt und schüsselweise Kaiserschmarrn gegessen. Den hat er sich selber fabriziert.«

Hofbauer nickte bewundernd. »Hatte er Freunde?«

»Hin und wieder kamen ein paar Rentner zu ihm. Es war ein richtiger Altherrenclub.«

»War auch ein gewisser Eugen Warmuth dabei?«

»Kann sein.« Herta Kowalsky erklärte, sie mische sich nicht in die Angelegenheiten anderer Leute.

Anita ging zum Auto und kam mit ein paar Photos zurück, die sie der Nachbarin Benders unter die Nase hielt. »Kennen Sie den?«

»Der ist doch schon tot!«

»Woher wissen Sie denn das?«

»Aus der Zeitung.«

»War er auch manchmal beim Altherrenclub?«

»Möglich.«

Herta Kowalsky sagte, sie habe jetzt genug. Und es sei alles so traurig. Und die alten Herren seien immer sehr freundlich gewesen.

Sie führte Hofbauer und Anita durch das Haus in den Garten. Dort standen mehrere Hühner aus Ton, blau bemalt, in seltsamem Kontrast zu der grünen Wiese. Der Hund kam herbei und wollte von den Besuchern gestreichelt werden. Aber niemand beachtete ihn.

Hofbauer drehte sich um und ging mit Anita in das Wohnzimmer zurück. Den Toten hatte man inzwischen abgeholt. Die Leute von der Spurensicherung sagten, sie seien jetzt fertig, aber man solle sich keine großen Hoffnungen machen.

Auch Dr. Denicke verabschiedete sich. »Ich rufe Sie an«, sagte er.

Der Hund legte sich unter den Tisch und seufzte tief. Auch er hatte Trauer.

»Ja, also«, sagte die Kowalsky, »dann mach ich mich mal auf die Socken.«

Aber sie blieb mitten im Zimmer stehen. Als sich niemand mehr um sie kümmerte, wanderte sie in den Vorgarten und wäre beinahe mit zwei alten Herren zusammengestoßen.

Sie stutzte, kehrte um und flüsterte dem Kommissar ins Ohr: »Das sind die vom Altherrenclub.«

Dann verschwand sie im Nachbarhaus.

Die Besucher stellten sich vor.

»Randolf«, sagte einer der beiden.

»Zinkgraf«, sagte der andere. »Was ist denn hier geschehen?« Er sah sich bestürzt um. »Wir möchten unseren Freund zum Besuch der Orchideenschau abholen. Punkt zehn Uhr. Oder war's elf?«

»Es war zehn«, versicherte Randolf.

»Aber wieso sind hier lauter fremde Leute?«

»Und wo ist Kai?« Randolf sah sich suchend um.

»Ich fürchte«, Hofbauer machte eine bedauernde Geste, »ich habe keine gute Nachricht für Sie. Ihr Freund ist tot, so leid es mir tut. Er wurde gestern Abend ermordet, wir vermuten wenigstens, dass es gestern Abend war. Mein herzliches Beileid.«

Die beiden Herren schwiegen bestürzt. Randolf beugte sich stumm zu Boden und streichelte den Hund. Zinkgraf fuhr sich verstört und geistesabwesend durch seinen Haarkranz. »Wer kann so etwas tun?« fragte er. »Der Dicke hat doch niemandem etwas zuleide getan?«

»War es ein Einbrecher?« rief Randolf. »Wurde etwas gestohlen?«

»Bender muss seinen Mörder gekannt haben«. sagte Anita kühl. »Er hat ihn ins Haus gelassen. Wo waren Sie gestern Abend, meine Herren, zwischen acht und elf Uhr?«

Zinkgraf riss den Mund auf, Randolf ließ den Hund fallen wie einen heißen Stein.

»Hören Sie mal«, rief Randolf zornig, »darf ich vielleicht fragen, wer Sie sind? Und was Sie zu Ihren tollkühnen Fragen bringt?«

»Mauermann«, sagte Anita höflich, »Kripo München.«

»Unsere Fragen sind nur Routine«, ergänzte Hofbauer. »Geben Sie eine zufriedenstellende Antwort, und wir verschwinden.«

»Wir verschwinden sofort«, warf Grandl ein, dem die Sache sehr peinlich war.

»Das will ich Ihnen auch geraten haben«, bellte Randolf, der wütend an seiner Unterlippe nagte.

»Gut«, er beruhigte sich nur langsam, »ich will ja nicht so sein. Wir haben uns das Spiel angesehen. Meine Frau, Anton«, er deutete auf seinen Freund, »und ich. Anton hat bei uns geschlafen, wir sind um zwölf Uhr ins Bett. Die Nerven«, er grinste nun sogar, »in unserem Alter.«

»Wer hat das erste deutsche Tor geschossen?«

»Schweinsteiger, 22. Minute.«

»Jetzt ist aber Schluss!« Grandl klatschte zornig in die Hände. »Man kann's auch übertreiben.«

»Stimmt!« Das war der junge Zinner, den sie fast vergessen hatten. »Rauchen Sie?« fragte er und zeigte einen Zigarettenstummel, den er mit einer Pinzette in die Höhe hielt. »Lag draußen neben dem Pfosten der Gartentüre. Interessant, nicht wahr?«

Randolf antwortete irritiert, er rauche nur Zigarren.

Zinkgraf sagte gar nichts. Er war noch immer schockiert, dass man ihn mit dem Mord an seinem Freund in Zusammenhang brachte.

Zinner ließ sein Fundstück in einer Plastiktüte verschwinden.

»Eine Frage noch zum Schluss«, sagte Hofbauer und stand auf. »Kannte Ihr Freund irgendwelche Leute, die ihn nicht leiden konnten? Vielleicht von früher her? Was war er von Beruf?«

»Kai war Steuerberater. Sogar ein sehr guter.«

Randolf nestelte an seinem verkehrt geknöpften Hemd herum. »Warmuth ist tot«, sagte er, »und jetzt auch Bender. Irgendjemand verfolgt uns. Irgendjemand, der es auf alte Leute abgesehen hat.« Seine Stimme bekam einen wehleidigen Klang. »Wir brauchen Hilfe, Herr Kommissar. Wir trauen uns nicht mehr über die Straße. Wir brauchen Personenschutz.«

Hofbauer hob abwehrend die Hände. »Lassen Sie niemand mehr in Ihr Haus, auch Sie nicht, Herr Zinkgraf. Wo wohnen Sie denn?«

»In der Zweigstraße. Unten, an der Würm.«

»Ich wohne Obstgartenweg 13«, sagte Randolf mit dumpfer Stimme. »Zusammen mit meiner Frau. Das Haus liegt einsam und abgelegen.«

Da mischte sich Zinner in das Gespräch. »Wir werden Ihre Behausungen im Auge behalten. Tag und Nacht. Machen Sie sich keine Sorgen.«

»Trinken Sie keinen Aprikosenlikör«, rief Anita, der das wehleidige Getue der beiden Rentner auf die Nerven ging.

Randolf ließ ein empörtes Schnauben hören. »Wenn man mal wirklich Hilfe braucht, ist man verlassen. Das war schon immer so. Komm, Anton, wir gehen.«

Er stand auf, machte eine spöttische Verbeugung, und die beiden verließen das Haus.

»Du bist und bleibst ein vorlautes Wesen«, tadelte Hofbauer seine Mitarbeiterin. »Hallo Zinner, zeigen Sie mir doch mal die Stelle, an der Sie den Zigarettenstummel gefunden haben.«

»Gerne!«

Sie gingen in den Vorgarten.

»Hier war's«, sagte Zinner.

Ein seltsames Geräusch ließ ihn innehalten. Er drehte sich um. Hinter ihm lag Hofbauer, zusammengesunken, mit dem Kopf auf dem Steinboden. Er blutete stark.

Innerhalb von Sekunden hatte Zinner das Handy am Ohr. Er rief den Notarzt, dann lief er zu Hofbauer, der stumm vor ihm lag.

»Stabile Seitenlage!« Anita kam herbei, und die beiden betteten Hofbauer auf eine Sofadecke, die sie herbeigetragen hatten, seinen Kopf legten sie auf ein Kissen.

»Er atmet«, sagte Zinner.

»Gott sei Dank!« Laut rief Anita: »He, Chef, alles klar?« Aber der Kommissar gab keine Antwort.

Im Nu waren die beiden Nachbarinnen wieder da. Schreckensbleich tauschten sie ihre Eindrücke aus.

Polizeiobermeister Grandl sagte, er habe schon so etwas geahnt, schon vor einer Stunde. »Der Kommissar hat hohen Blutdruck, fürchte ich.«

Notarzt und Malteser kamen fast zur gleichen Zeit. Die Malteser in kompletter Uniform, mit weiten Hosen und übergroßen Jacken, die sie ungeheuer stark und hilfsbereit erscheinen ließen.

Der Notarzt, es war Dr. Hönninger, der Hofbauer schon kannte, trug einen schlichten Straßenanzug.

Man verfrachtete Hofbauer in den Sanka, Hönninger stand neben ihm und legte den Verletzten an den Tropf.

»Nach Großhadern«, befahl er. »Intensivstation!«

Anita bat Grandl, das Haus Benders zu versiegeln, dann setzte sich die Karawane aus Rettungswagen, Hönningers und Anitas Auto in Bewegung. Sie bahnten sich einen Weg durch die Menge, die Malteser hatten ihr Blaulicht eingeschaltet.

In Großhadern rollte man das Bettgestell aus dem Wagen, und Hofbauer und der Arzt verschwanden im Inneren der Notaufnahme.

Anita wurde kurzerhand nach Hause geschickt.

»Wir bleiben in Verbindung«, rief Hönninger.

»Das wäre schön«, sagte Anita. Knieweich und seltsam berührt stieg sie in ihren Dienstwagen.

»Was mach ma jetzt?« Die Worte Hofbauers gingen ihr durch den Kopf, und sie bekam einen gewaltigen Kloß im Hals.

Sie rief Staatsanwalt Dieckmann an und erstattete Bericht. Dieckmann polterte irgendwas von »nicht genug aufgepasst« und fügte nahtlos den Bericht von einem Skiunfall bei, den er vor fünf Jahren erlitten hatte. »Bänderriss«, rief er ins Telephon, »ein halbes Jahr außer Gefecht.«

Er sagte zu Anita, sie müsse morgen pünktlich im Büro sein, er werde die Aufgaben neu verteilen.

Ein kühles »Tschüss«, und er war wieder weg.

Anita verschluckte eine nicht sehr vornehme Bemerkung. Anschließend fuhr sie nach Planegg zurück, um Claudia Hofbauer und ihrem neuen Mann Bescheid zu sagen.

Vor allem aber Hofbauers Sohn Bastian.

Es war inzwischen zwei Uhr nachmittags geworden. Auch wenn sie sich nicht genau an den Straßennamen und die Hausnummer erinnern konnte, fand sie die Adresse sofort.

Sie parkte den Wagen gegenüber der Thujenhecke. Und blieb noch ein paar Minuten sitzen.

Dann gab sie sich einen Ruck und stieg aus.

Sie klingelte. Nach geraumer Zeit erschien Bastian mit verschlafenem Gesicht.

»Was isn los?«

»Hallo Bastian, bist du alleine?«

»Ich glaub schon.«

»Kann ich reinkommen?«

Bastian öffnete wortlos die Gartentür. Sie gingen ins Wohnzimmer.

»Magst was trinken? Ne Cola is, glaub ich, da.«

»Nein danke.« Anita setzte sich auf die vorderste Kante eines schmalen Stuhls. Sie suchte krampfhaft nach einem Anfang. Schließlich sagte sie: »Dein Papa ist leider ganz unglücklich gestürzt, Bastian. Er liegt im Klinikum. Vermutlich auf der Intensivstation.«

Bastian gab keine Antwort.

»Möchtest du meine neuesten Vlogs anschaun«, sagte er schließlich. »Benni hat mir seine Kamera geliehen.«

Anita konnte es nicht glauben. Da brachte sie eine wahrlich schlechte Botschaft ins Haus, aber der Sohn nahm keinerlei Kenntnis davon.

»Dein Vater liegt in Großhadern auf der Intensivstation!« wiederholte sie laut. »Willst du nicht mal wissen, wie's ihm geht?«

Anita konnte genau beobachten, wie die Meldung in Bastians Kopf ankam und wie er langsam begriff, um was es sich eigentlich handelte.

»Intensivstation!« Er fing an zu schlucken. »Da wird er bald sterben, oder? Alle, die auf der Intensiv liegen, sterben, hab ich recht?«

»Quatsch! Die päppeln ihn schon wieder hoch.«

»Meinst du wirklich?«

»Klar.«

Anita war sich überhaupt nicht sicher. Aber sie musste Bastian Mut zusprechen. »Komm«, sagte sie. »Wir fahren nach Großhadern. Vielleicht kannst du deinen Papa besuchen.«

Wortlos stiegen sie in Anitas Wagen. Beim Klinikum angekommen, fragten sie sich durch zur Intensivstation. Dort erfuhren sie, dass nur Angehörige in das Krankenzimmer durften.

Eine freundliche Ärztin trat auf sie zu. Auf ihrem Namensschildchen stand Dr. Elly Rose. »Nur Mut!« flüsterte sie. »Wen willst du denn sehen?«

Bastian stotterte den Namen seines Vaters. Die Ärztin nickte, und die beiden verschwanden hinter der Tür. Kurz darauf kamen sie wieder, Bastian in einem weißen Kittel und mit verheultem Gesicht.

»Hat mein Papa eine Chance?« fragte er ängstlich.

»Mehr als nur eine«, sagte die Ärztin, »wir tun, was wir nur irgend können.«

»Darf ich ihn jeden Tag besuchen? Ich hab nämlich was Wichtiges mit ihm zu besprechen.«

Über das Gesicht von Frau Dr. Rose glitt ein kurzes Lächeln. »Da musst du noch etwas warten«, sagte sie, »bis wir ihn aus dem künstlichen Koma holen.«

Bastian ging sichtbar in die Knie. »Künstliches Koma«, murmelte er. »Da hab ich überhaupt keine Hoffnung mehr.«

Die Ärztin strich ihm sanft über den Kopf, was Bastian sichtlich genoss.

»Du musst an deinen Vater glauben«, sagte sie mit weicher Stimme. »Du darfst nicht aufgeben. Er tut es auch nicht.«

Der Junge nickte tapfer. Und wieder schossen ihm die Tränen aus den Augen. »Tschuldigung«, heulte er, »aber ich hab leider ganz nah am Wasser gebaut.«

»Heulen ist nicht verboten«, sagte Anita, die plötzlich vor ihm stand. Sie legte den Arm um Bastian, nickte der Ärztin zu, und dann versuchten sie in dem Gewirr der langen Gänge den Ausgang zu finden.

Anita fuhr Bastian nach Hause.

Dort war inzwischen Claudia Hofbauer erschienen. Sie erstatteten Bericht, so gut sie konnten. Claudia blieb erstaunlich gefasst.

Sie rief im Krankenhaus an. Der Patient habe ein Schädel-Hirntrauma erlitten, erfuhr sie dort, es gehe ihm den Umständen entsprechend nicht schlecht.

Als Janick erschien, setzten sie sich recht ratlos an den Küchentisch. Der Mann mit der Bügelfalte ging in sein Arbeitszimmer und recherchierte lange und ausführlich im Internet. Er rief einen befreundeten Arzt an und versicherte sich, dass bisher alles richtig und der Lage entsprechend gelaufen sei.

Anita beobachtete die beiden Erwachsenen mit steigendem Interesse. Aus Claudias Stimme war große Sorge zu hören, was sie aber in Anwesenheit Janicks zu verbergen suchte.

Janick selbst betrachtete alles mehr von der wissenschaftlichen Seite her. »Künstliches Koma ist heutzutage normal«, verkündete er. »Der Patient muss sich erholen.«

»Schön wär's, wenn du recht hättest«, sagte Claudia.

»Aber natürlich habe ich recht«, sagte Janick.

»Papa wird künstlich beatmet«, warf Bastian fast zornig ein, »mit Erholung hat das nichts zu tun!«

»Woher weißt du das?«

»Eine Ärztin hat's mir erklärt.«

»Na ja, da werd ich mich morgen mal genau erkundigen.«

»Von mir aus.«

Sie ließen sich von Anita noch den Hergang des Unfalls erklären, was Janick ausführlich über eine eventuelle Haftung des Hausbesitzers referieren ließ.

»Da kann niemand mehr haften«, meinte Anita. »Der Besitzer ist tot.«

»Gibt's Angehörige?«

»Keine Ahnung.« Anita stand auf und verabschiedete sich. Aufmunternd klopfte sie Bastian auf die Schultern.

»Die Hoffnung stirbt zuletzt«, flüsterte sie. Und bereute es sofort wieder. Sie war sich nicht sicher, ob sie den richtigen Spruch gewählt hatte. Es war alles auf einmal sehr schwierig geworden.

Aber Bastian hatte gar nicht zugehört.

Staatsanwalt Dieckmann durchmaß mit langen Schritten sein Büro.

»Der Unfall Hofbauers«, sagte er schneidig, »schade, sehr schade. Bedauernswert. Ich fürchte, der Kollege wird für einige Wochen ausfallen.«

Anita nickte traurig. Sie stand mit Lichtlein zusammen im Zimmer Dieckmanns, verzagt und entwurzelt.

Lichtlein, der seine Chance gekommen sah, endlich Power in den Fall Warmuth zu bringen, sagte, er werde sich diesen Paul Langenfeld noch einmal vornehmen. Als Liebhaber Flora Warmuths sei der Drogist doch sehr verdächtig. Er blätterte in Hofbauers Notizen.

»Der Bursche sollte um zehn Uhr hier sein«, polterte er. »Na, warte!«

»Langenfeld ist kein Drogist«, widersprach Anita. »Er schiebt in Großhadern Patienten durch die Gegend.«

»Meinetwegen. Er hat auf alle Fälle ein handfestes Motiv. Wohnung und Lebensversicherung, das reicht.«

»Haben Sie schon geprüft, wo er während der Tatzeit des zweiten Mordes war?« Dieckmann blätterte in den Akten. »Somnifen in Aprikosenlikör, hat man mir grade gefaxt. Kommt mir irgendwie bekannt vor.«

»Vielleicht ist er ein Fanatiker, der Sterbehilfe spielen will.«

»Genau! Das könnte es sein! Warmuth hatte Krebs, und Bender ...«

»War kerngesund. Zwar war er stolze achtundsiebzig, aber ihm fehlte nichts.« Anita fand die Theorie der beiden Wichtigtuer absolut abwegig.

»Oder er hatte Zucker«, vermutete Lichtlein.

»Das lässt sich klären.«

Dieckmann befahl Lichtlein, die Gerichtsmedizin noch mal anzurufen.

»Mach ich sofort!« Lichtlein zückte sein Handy.

»Ich werde mich um die Herren Randolf und Zinkgraf kümmern. Schließlich waren sie die besten Freunde der beiden Toten.« Anita strich ihr in einem dezenten Beige gehaltenes Kleid glatt. »Und da ist noch was, Herr Staatsanwalt.«

»Ich höre.«

»Auf Benders Tisch stand ein benutztes Likörglas. Hofbauer hat es verpackt und in seine Manteltasche gesteckt.«

»Und wo ist sein Mantel jetzt?«

»In der Garderobe des Klinikums.«

»Ausgezeichnet!«

Anita ärgerte sich über den Spott in Dieckmanns Stimme. Und sie ärgerte sich, wie schnell die beiden Herren über Hofbauers Missgeschick hinweggingen. Aus den Augen, aus dem Sinn, dachte sie.

Sie ging nach draußen und kam mit drei Bechern Kaffee wieder zurück. Sie holte tief Luft, dann sagte sie: »Wir trinken einen Schluck auf unseren Kollegen Hofbauer. Er soll möglichst schnell wieder gesund werden!«

»Prost!« rief Lichtlein grinsend.

»Ein amüsanter Einfall, fast zu schade für unseren scheußlichen Kaffee.« Hustend und spuckend folgte der Staatsanwalt dem Befehl Anitas, die selbst schon tapfer ihren Becher geleert hatte.

»Ich fahre jetzt ins Klinikum.« Sie warf den Becher in Richtung Papierkorb.

»Knapp daneben ist auch daneben«, lästerte Lichtlein.

»Sei still! Du selbst hast ja noch nie getroffen.«

»Stimmt nicht! Schau her!« Der Becher landete nahe der Garderobe.

»Können wir den edlen Wettstreit vorerst beenden?« Dieckmann zielte kurz, und sein Wurfgeschoß rollte unter den Schreibtisch. »Eine reife Leistung«, knurrte er.

Anita opferte sich, hob die drei Gefäße auf und legte sie ins Ziel. Dieckmann dankte, Lichtlein sagte nichts.

»Zur Sache!« Der Staatsanwalt wurde ernst. »Frau Mauermann, Sie kümmern sich um das Likörglas. Herr Lichtlein, Sie nehmen sich diesen Paul Langenfeld noch mal vor. Da können Sie ja zusammen in einem Auto nach Großhadern fahren. Sparen tut not.«

»Nichts lieber als das«, sagte Lichtlein mit einem verführerischen Augenzwinkern.

»Oh je«, war Anitas ganzer Kommentar.

Im Klinikum angekommen, trennten sich ihre Wege.

Anita ging zur Intensivstation. Sie zeigte dem diensthabenden Arzt ihren Ausweis und erklärte kurz, um was es ging.

Eine Krankenschwester führte Anita zu einem schmalen Schrank, und Sekunden später hatte sie das Corpus delicti in der Hand.

Sie ging zu Hofbauers Bett. Er lag mit geschlossenen Augen da, mit einer Vielzahl von Drähten und Schläuchen versehen. Im Zimmer pfiff und kreischte es, weil wiederholt irgendwelche Signale nach den Ärzten und Schwestern riefen.

»Lieber Gott«, flüsterte Anita, »lass den Chef wieder gesund werden.« Und sie schwor sich, wenn sie irgendwann mal wieder unzufrieden herummeckern würde, froh zu sein, momentan nicht hier zu liegen.

Frau Dr. Elly Rose erschien. »Der schafft das«, sagte sie. »Wenn nichts dazwischenkommt, schafft der das.«

Ein dankbarer Blick war die Antwort.

Anita ging zur Besucherstraße, wo sie sich mit Lichtlein verabredet hatte. Aber der Kollege war noch nicht da. Sie betrachtete die Krankenhausinsassen, die, mit Armschienen, Kopfverbänden und anderen Schmuckstücken versehen, herumschlichen und sich mit ihren Besuchern unterhielten. Manche Männer trugen ungeniert ihren halbgefüllten Urinbeutel, an den sie mittels eines Katheters gefesselt waren, durch die Gegend.

Endlich erschien Lichtlein.

»Diesem Langenfeld hab ich's aber gezeigt«, prahlte er. »Er war am Mordtag bei Warmuth, angeblich aber schon am Nachmittag. Er wollte ihn ins Altersheim abschieben.«

»Das wissen wir längst. Warum ist er heute nicht in die Ettstraße gekommen?«

»Ein Kollege sei krank, behauptet er. Jetzt habe ich den Herrn Drogisten für morgen einbestellt. Ich lasse keine Ausrede mehr gelten. Übrigens, damit ich's nicht vergesse: Bender hatte laut Gerichtsmedizin tatsächlich hochgradig Zucker.«

»Das passt ja wunderbar zu deiner Sterbehilfetheorie.«

»Allerdings. Dignitas, Dignitate, so heißen sie doch. Die eine mit Sitz in der Schweiz, die andere in Deutschland.«

»Deine Kombinationen sind absurd.«

»Nur wer auch scheinbar abwegige Gedanken wagt, gelangt ans Ziel.«

»Aber immer hübsch auf dem Teppich bleiben.«

»Sowieso.«

Sie beschlossen, wieder ins Präsidium zurückzukehren.

»Ich werde mal den Herren Randolf und Zinkgraf auf den Zahn fühlen«, sagte Anita. »Und du, was machst du?«

»Ich fahre in die Schweiz.«

»Fußball anschauen?«

»Natürlich. Alle Spiele. Auf Kosten der Kripo.« Lichtlein ließ ein schelmisches Lachen hören, das man noch nie an ihm vernommen hatte.

»Denk an den Teppich«, warnte Anita.

»Hallo Papa!«

Bastian saß wieder einmal am Bett seines Vaters und bemühte sich, die Drähte und Schläuche nicht zu sehen. Auch das ständige Piepsen und Schnurren um ihn herum versuchte er zu überhören.

»Hallo Papa! Weißt du's noch? Ich geh in die vorletzte Klasse. Nach Gräfelfing. Deutsch ist mein Lieblingsfach, Mathe mag ich gar nicht.«

Bastian war sich nicht sicher, ob sein Vater etwas mitbekam von dem, was er ihm erzählte. Aber es passierte, dass der Vater manchmal lächelte, zum Beispiel als Bastian berichtete, er habe in seiner Bude Staub gewischt.

»Ich bin mal wieder verknallt«, sagte Bastian. »In Anna-Lisa. Sie ist total nett. Aber sie wird von der ganzen Klasse gemobbt. Wir haben schon mal über Mobbing gesprochen, Papa, damals, als du nur zwei Tage hier im Klinikum warst.«

Bastian erinnerte sich an den kurzen Aufenthalt, und er dachte darüber nach, dass er sich nie auch nur im Traum hatte einfallen lassen, seinen Vater einmal hier, auf dieser Station, besuchen zu müssen.

»Ich glaube fest daran, dass du wieder auf die Beine kommst. Du musst einfach wieder gesund werden, Papa, hörst du, du musst! – Das mit Anna-Lisa ist so, dass sie neulich mit einem anderen Jungen ins Kino gegangen ist. Und Hubi und Verena aus meiner Klasse haben sie gesehen, haben mit dem Handy Photos gemacht und die Photos ins Netz gestellt.«

Bastian beobachtete die Schwestern, die eilig von Bett zu Bett huschten, mit flinken, geübten Fingern an den Gestellen hantierten, an denen die Flüssigkeitsbehälter befestigt waren.

Er betrachtete seinen Vater, der tief im künstlichen Koma lag, angeschlossen an alle möglichen Geräte, über einen Schlauch, der in seinen Mund führte, und über einen weiteren Schlauch, der ihm direkt in den Magen flüssige Nahrung pumpte. Eine abgrundtiefe Hoffnungslosigkeit überfiel ihn.

»Hallo Papa! Du darfst nicht sterben, hörst du mich? Ich habe in Maria Eich eine Kerze angezündet, ich hab das noch nie getan, und ich weiß nicht, ob es irgendjemanden gibt, der die Kerze sieht. Ob es überhaupt einen Sinn hat, eine Kerze anzuzünden.«

Er faltete die Hände und schloss die Augen.

»Sie schicken Hassbotschaften in Anna-Lisas Postfach. *Anna-Lisa, du Hure, ich weiß, wo du wohnst. Du wirst schon sehen. Trau dich nicht mehr allein aus dem Haus.*«

Er wunderte sich über das, was er seinem Papa alles erzählte.

»Die Laura ist eifersüchtig. Ich will aber von Laura nichts wissen.«

Dass er es wagte. Aber die Mauer, die zwischen Vater und Sohn aufgebaut war, weil der Vater nichts wusste von Vlogs und Videoclips, diese Mauer war auch jetzt wieder da. Es war das Koma, das die Mauer ersetzte. Und nur hinter dieser Mauer fühlte er sich wohl. Erwachsene verstehen die Jugendlichen nicht, so war es, und so sollte es auch bleiben.

Aber gleichzeitig war die Mauer auch wieder weg.

Und deswegen konnte er mit seiner Geschichte von Anna-Lisa nicht warten, bis sein Vater wieder aufgewacht war. Er musste daran denken, weil die nette Ärztin plötzlich neben ihm stand.

Sie überprüfte alles ganz genau, rückte Vaters Bettdecke zurecht, strich Bastian über den Kopf. Normalerweise wäre ihm das peinlich gewesen, aber zu seinem großen Erstaunen fühlte er sich heute sehr gut dabei.

»Nicht mehr lange«, sagte die Ärztin, »dann kommt dein Vater nach Bad Aibling auf die Intensivstation der dortigen neurologischen Klinik.«

Bastian erschrak.

»Ist das ein schlechtes Zeichen?« fragte er.

»Eher ein gutes«, beruhigte ihn Frau Dr. Elly Rose.

»Wie komme ich dann nach Bad Aibling? Ich habe kein Auto.«

»Es muss ja nicht täglich sein.«

»Ich lass mir was einfallen.«

»Tu das, Bastian.«

Woher wusste sie seinen Namen? Und warum blieb sie immer noch am Bett stehen und betrachtete seinen Vater mit Blicken, die ganz anders waren als die herkömmlichen Ärztinnenblicke?

Misstrauisch fragte er: »Warum kommt mein Vater weg von hier?«

»Wir können ihn nicht so lange behalten. Wir haben keinen Platz.«

»Stimmt das?«

»Natürlich.«

Er konnte sich nicht vorstellen, dass in dem riesenhaften Klinikum kein Platz mehr für ein einzelnes Bett vorhanden war. »Möchten Sie ihn loshaben?« fragte er geradeheraus.

Die Ärztin sagte ernst: »Sowas darfst du nicht mal denken. Glaub mir, wenn's nach mir ginge«, sie stockte, suchte nach den richtigen Worten, »aber es geht nicht nach mir, leider, ich verspreche dir, Bastian, ich werde dafür sorgen, dass dein Papa in die richtigen Hände kommt.«

Wieder warf sie diesen seltsamen Blick auf seinen Vater, und ehe Bastian etwas sagen konnte, war sie verschwunden.

Er sah zur Uhr. Es war zehn Minuten nach sechs. Er flüsterte: »Du kommst nach Bad Aibling, Papa, aber das ist echt gut für dich, und bald wachst du wieder auf aus dem Koma, und dann geht's aufwärts, es muss ja aufwärts gehen, glaub mir, Papa, du wirst bald wieder ganz gesund.«

Er war so voller Verzweiflung, dass er ganz schnell von seinem Stuhl aufstand und wie ein Häufchen Elend von den Gängen und Gassen des Klinikums verschluckt wurde.

»Ich werde jeden Tag nach Bad Aibling fahren«, teilte er dem Aufzug mit, der ihn zusammen mit einer Schar Lernschwestern abwärts beförderte.

»Eine prima Idee«, kicherten die jungen Mädchen.

Anita fuhr zum Obstgartenweg Nummer 13.

Das Haus lag zwischen Apfelbäumen verborgen, sehr friedlich, beinahe kitschig. Es war ganz aus unverputzten Ziegeln gebaut, und erst wenn man genauer hinsah, merkte man, dass es schon recht baufällig war.

Sie stellte ihr Auto ab und läutete an der großen Ziehglocke. Ein schepperndes Geräusch ertönte, nach einer Weile erschien Randolf, mit einer dicken Zigarre zwischen den Lippen. »Guten Tag, schöne Frau!« rief er, wobei es ihm kunstvoll gelang, die Zigarre nicht aus dem Mund fallen zu lassen.

Anita murmelte eine Antwort, dann fragte sie, ob sie sich mit dem Ehepaar ein wenig unterhalten dürfe.

»Aber natürlich«, war die Antwort. »Möchten Sie Kuchen, Kaffee, Tee, Kakao?«

Sie gingen durch das Haus und nahmen auf der kleinen Veranda Platz, Frau Randolf erschien, und sie sagte, sichtbar befangen, eine Tasse Tee sei durchaus noch zu haben.

»Bring auch den Schokokuchen mit!« befahl ihr Mann.

Wie sich herausstellte, war keiner mehr da, sie mussten mit einem Restposten muffiger Kekse vorlieb nehmen.

Anita aß zwei Stück, dann gab sie es auf. »Schön haben Sie's hier«, sagte sie und spülte die Krümel hinunter. »Ein Paradies unter blühenden Obstbäumen.«

»Ich pflücke die Äpfel Stück für Stück. Mit der Hand. Ein Glück, dass ich groß genug bin. Einssiebenundachtzig.«

»Einsachtundsiebzig«, korrigierte seine Frau.

Randolf lächelte nachsichtig.

»Ich bin hier aufgewachsen«, er streute Zigarrenasche auf den Boden, »es ist das Haus meiner Eltern. Mama ist vor drei Jahren gestorben. Ich habe sie bis zuletzt gepflegt.«

Wenn Anita konzentrierter gewesen wäre, hätte sie den bitteren Ton aus seiner Stimme durchaus herausgehört. Aber ihre Gedanken waren bei Hofbauer und den gemeinsamen

Zeiten mit Lichtlein, die vor ihr lagen. Es war kein guter Tag für ertragreiche Gespräche.

»Meine Mutter war eine Seele von Mensch«, sagte Randolf.

»Wie schön für Sie.« Mehr fiel Anita nicht ein.

Sie räusperte sich, setzte sich aufrecht in ihren Stuhl.

»Sie waren also, tut mir leid, dass ich das noch mal fragen muss, hier zu Hause, als Bender ermordet wurde?«

Sie beobachtete den Zigarrenpaffer genau.

Der Zigarrenpaffer sagte, indem er dicke Wolken von sich blies, ja, er sei zu Hause gewesen. Habe sich mit Zinkgraf zusammen das Match gegen Portugal angeschaut. Mit seiner Frau und Herrn Zinkgraf, jawohl. Der Freund habe hier übernachtet.

»Und wo waren Sie während des ersten Mordes?« fragte Anita ungerührt.

»Ebenfalls hier. Meine Frau kann's beschwören.«

»Haben Sie noch andere Zeugen?«

»Nur die Herren Ballack und Co.«

»Die eignen sich allerdings nicht so gut.«

»Nein.«

»Sie wissen schon, dass Sie da ein reichlich dünnes Alibi präsentieren.«

Randolf nahm den Zigarrenstummel und warf ihn in die Wiese, wo er fröhlich weiterkokelte. »Dünne Alibis sind mir egal«, sagte er gemütlich. »Ich habe ein reines Gewissen, das genügt.«

Anita warf einen schnellen Blick auf Frau Randolf, aber die sah scheinbar uninteressiert auf ihre abgewetzten Schuhe.

»Sie sind Rentner, stimmt's?« wechselte Anita das Thema.

»Klar. Schon seit ein paar Jahren.«

»Und was waren Sie von Beruf?«

»Leiter des Einkaufs in einem Möbelgeschäft. Ich habe dickes Geld verdient, nicht wahr, Gaby?«

»Natürlich.«

»Das Möbelgeschäft ging leider den Bach runter. Die Leute kauften nur noch bei Ikea.«

Anita wunderte sich, dass sie kein einziges einigermaßen modernes Möbelstück im Inneren des Hauses gesehen hatte.

»Gaby arbeitet jetzt beim Heide Volm. Als Bedienung. Obwohl wir's eigentlich gar nicht nötig hätten.«

Frau Randolf meinte, ein wenig Taschengeld könne sie ganz gut gebrauchen.

»Dauernd ist was kaputt in so einer alten Hütte.«

»Das darfst du nicht sagen, Gaby«, echauffierte sich ihr Mann. »Wenn mal was kaputtgeht, und das kommt selten genug vor, dann nehme ich mein Werkzeug in die Hand und repariere den Schaden.«

Er stand auf und verschwand zornig im Inneren des Hauses.

Seine Frau lächelte still in sich hinein. »Er kann nicht mal einen Nagel in die Wand schlagen«, flüsterte sie. »Aber darüber darf man nicht sprechen. Sonst explodiert er sofort.«

Sie warteten, bis Randolf wieder erschien. Ohne explodiert zu sein.

»Ich wollte einen Cognac trinken«, polterte er, »aber im ganzen Haus ist kein einziger Tropfen zu finden.«

»Wie wär's mit einem Schluck Aprikosenlikör?«

Randolf stutzte, dann setzte er ein überlegenes Lächeln auf. »Ich falle auf Ihre Tricks nicht herein, schöne Frau.« Sein Sarkasmus war fast körperlich zu spüren. »Wenn ich auch alt bin, doof bin ich noch lange nicht.«

»Entschuldigung! War nicht so gemeint.«

»Wie war es denn gemeint? Ich habe zwei Freunde verloren. So lustig ist das auch wieder nicht.«

»Ich habe nicht behauptet, dass es lustig ist.«

Anita stand auf und reichte den beiden die Hand. Sie überlegte kurz, ob sie Hofbauers Unfall erwähnen sollte, dann ließ sie es bleiben. Der Abschied war frostig, was sie aber nicht störte. Sie stolperte über ein paar blaue Papiersäcke, dann verließ sie die gastliche Stätte.

Sie fuhr etwa fünfzig Meter mit ihrem Wagen, stieg aus und läutete bei Haus Obstgartenweg Nummer 15.

Ein kleiner, zerknitterter Mann, etwa fünfzig Jahre alt, öffnete die Gartentür.

Was er zu sagen hatte, war nicht uninteressant.

Anna-Lisas Klassenlehrer, ein Pädagoge der siebziger Jahre, liberal und den Schülern zugetan, lud alle zu einer Friedenskonferenz. Anna-Lisa, Bastian und die Meute, die täglich Hassbotschaften ins Web stellte.

Auch die Eltern lud er ein.

Und so saßen Claudia Hofbauer und die Bügelfalte neben einem Pulk anderer Eltern, enorm wichtigen Männern und Frauen aus dem Würmtal, und lauschten den Mails, die ihre Sprösslinge angeblich seit Wochen verfasst hatten.

Auch Laura war dabei, eifersüchtig und sehr verletzt.

Die wichtigen Männer und Frauen, alle berufstätig und völlig übermüdet, hatten diese Art von Botschaften noch nie gehört. Die meisten wussten gar nicht, dass ihre Sprösslinge Zugang zum sogenannten GräfGym-Chat hatten, sie hörten an diesem Abend zum ersten Mal davon.

Sie hatten die Lautlosigkeit des World Wide Web mit schierer Harmlosigkeit verwechselt. Internet war für sie Google und Wikipedia, sie ahnten etwas von Second World und dergleichen, und dass man sich vollends darin verlieren konnte. Aber nur, wenn man schlecht erzogen war. Und ihre Kinder waren gut erzogen, Mama und Papa hatten sich alle Mühe gegeben, nur hatten sie leider nicht immer genug Zeit gehabt. Denn das Leben war hart, und man konnte froh sein, wenn man nicht plötzlich auf der Straße stand.

Sie saßen in dem etwas verstaubt riechenden Klassenzimmer, fremd und verlassen, und sehnten sich nach ihrem Büro und einem Glas Wein.

*Anna-Lisa, du Hure. Willst du mit mir vögeln? Trau dich ja nicht mehr aus dem Haus!*

Der Klassenlehrer las die Mails mit scheinbar unbeteiligter Stimme. Aus den Reihen der Schüler klang prustendes Gelächter, die Eltern bekamen rote Ohren.

Anna-Lisa sagte, sie habe ihren Internetanschluss vor zehn Tagen abgemeldet. Sie könne nichts mehr hören und nichts mehr sehen. Sie verlasse im Sommer sowieso die Schule. Und ob sich eventuell einer der Anwesenden bei ihr entschuldigen wolle.

Niemand rührte sich.

Janick wartete zwei Minuten, dann meldete er sich zu Wort. Er hatte sich eine ganz besonders überraschende Taktik ausgedacht. Er fände das, was er da eben gehört hatte, einfach widerlich. Aber, und er nahm das Protestgemurmel der Jungen und Mädchen gar nicht zur Kenntnis, man solle doch einmal darüber nachdenken, ob nicht vielleicht Anna-Lisa selbst die Urheberin des Mobbings sei.

Jawohl, Anna-Lisa.

Sie habe mit dem ganzen Schlamassel angefangen, habe mit Bastian eine Liebelei begonnen und dann die anderen Mädchen weggebissen. Man solle die Sache doch einmal von dieser Seite aus sehen.

Daraufhin sprang Bastian auf und schrie, dieser Mensch da mit seiner ekligen Krawatte habe sich überhaupt nicht einzumischen. Er sei nicht sein Vater. Bastians Vater sei momentan beschissen krank und liege auf der Intensiv in Großhadern.

Es gelang Bastian, nicht vollends die Fassung zu verlieren. Er ging hinüber zu Anna-Lisa, setzte sich neben sie und legte demonstrativ den Arm um sie, was sie durchaus geschehen ließ.

Laura rannte heulend aus dem Zimmer.

Der Klassenlehrer gab bekannt, er lege eine kleine Pause ein.

Ein paar Mütter hatten belegte Brote und Cola mitgebracht, und die Gemüter beruhigten sich leidlich.

Als es wieder weiterging, besprachen die Erwachsenen Janicks Theorie, und nachdem sich ihre Verblüffung gelegt hatte, gingen sie ihrerseits zum Angriff über.

»Wir legen doch für unsere Kinder nicht die Hand ins Feuer«, sagte ein Vater, der aber durchaus bereit war, Anna-Lisas schlimme Lage anzuerkennen.

»Wir sind nicht mitschuldig. Wir arbeiten hart, ohne einen Tag Urlaub im Jahr.«

»Genau so ist es«, rief ein anderer. »Wir haben abends Besseres zu tun, als unseren Kindern hinterherzuschnüffeln. Wir sind keine Erzieher, wir sind die besten Freunde unserer Kinder.«

»Warum sind Sie dann so kaltherzig und geben einer einzelnen die Schuld?« fragte der Klassenlehrer.

Doch niemand wusste eine Antwort.

»Weil Sie fürchten, die Liebe Ihres Kindes zu verlieren, wenn Sie sich in seine Privatangelegenheiten mischen.«

Das hatte ein wirres Palaver zur Folge und stieß bei vielen auf strikte Ablehnung.

Als die Runde sich endlich auflöste, blieben Anna-Lisa und Bastian übrig. Und Janick und seine Frau Claudia.

Der Klassenlehrer ging zu Anna-Lisa und gratulierte ihr zu dem Mut, in der Konferenz den Mund aufgemacht zu haben. »Vielleicht gelingt es dir doch, an der Schule zu bleiben«, meinte er.

Und zu Janick sagte er, die Theorie, die er aufgestellt habe, sei, mit Verlaub gesagt, schlicht abwegig.

»Aber sie hat den Abend gerettet«, rief der Angesprochene vergnügt.

»Auf Kosten einer Wehrlosen.«

»Das haben Sie gesagt«, worauf sie sich frostig voneinander verabschiedeten.

Bastian brachte Anna-Lisa nach Hause, zu Fuß.

Als Janick und Claudia zu ihrem Auto gingen, trat eine der Frauen auf sie zu.

»Darf ich mal stören?« fragte sie, ohne auf die Antwort zu warten. »Ihre Ausführungen«, wandte sie sich an Janick, »waren interessant. Wir Eltern aus dem Würmtal sind schon ganz was Besonderes. Hören Sie«, sie packte Janick am Jackenknopf, »ich habe Jura studiert, drei Kinder gehen in Gräfelfing zur Schule. Ich finde es unmöglich, wenn sich die Jungs und Mädels gegenseitig beleidigen. Vor aller Augen. Und in einem Ton, der uns völlig fremd war, als wir selber noch jung waren und den wir nicht nachempfinden können.«

Sie drehte immer noch an dem Jackenknopf, so dass Janick schon fürchtete, er könne im nächsten Moment abreißen.

»Mein Sohn Jens geht mit Anna-Lisa in eine Klasse. Er ist der Schlimmste, glauben Sie mir. Aber«, sie zog an dem Knopf, dass er mit einem kleinen ›Zipps‹ tatsächlich in ihrer Hand landete, »wenn mein Sohn angegriffen wird, verteidige ich ihn wie eine Löwin. Kein Wort über meinen Sohn, sonst werde ich rabiat!«

Sie betrachtete den Knopf.

»Da hätten Sie jetzt beinahe was verloren«, sagte sie und drückte Janick den Knopf in die Hand.

»Gute Nacht!«

Und sie verschwand in einem wahren Ungetüm von Auto.

Ismail kam von den Kanarischen Inseln, genauer gesagt aus Fuerteventura.

Dort hatte er sich in eine deutsche Touristin verliebt, was durchaus im Bereich des Üblichen lag. Nach drei Jahren war er der deutschen Touristin nach Bayern gefolgt, was keineswegs üblich war.

Jetzt wohnte er in der Perle des Würmtals, in Planegg, und betätigte sich als fleißiges Mitglied der Papierbündelentsorgung.

Er fuhr zusammen mit dem Blümel Sepp in einem Lastwagen durch die Gegend und schmiss die nach einem ganz speziellen Entsorgungsschlüssel vor die Gartentüren gestellten Altpapierstöße auf die Ladefläche. War der Wagen voll, wurde er zur Sammelstelle gefahren.

Ismail redete nicht viel.

Er sprang wie ein Teufel vom Beifahrersitz, schleuderte die Zeitungen durch die Luft und zielgenau an ihren Platz, dann hockte er sich wieder neben den Blümel Sepp.

Dort träumte er sekundenlang von El Cotillo, wo seine Frau und seine Kinder auf ihn warteten, dann stürzte er sich wieder auf die zerlesenen Zeitungen und Illustrierten.

Manchmal nahm er ein paar Exemplare mit nach Hause, um Deutsch zu lernen oder um Papierschiffe zu bauen. Die ließ er dann die Würm abwärts schwimmen und stellte sich vor, wie sie alle nach Fuerteventura segelten.

Am 24. Juni, einem Tag vor dem Halbfinale Deutschland gegen die Türkei, fand Ismail am Würmufer bei Steinkirchen fünf vollgestopfte blaue Säcke, aus denen grünes Papier quoll. Auf den Laster geschmissen, platzte einer der Säcke auf. Das grüne Papier entpuppte sich als zerschredderte und zerrissene, zum Teil auch noch unversehrte Hundert-Dollarnoten.

Ismail staunte.

Er wühlte in den Dollarnoten herum, ließ sie rascheln und knistern, dann fragte er den Blümel Sepp: »Holen Polizei?«

Hofbauer erwachte in einem Krankenzimmer, in dem sich zwei schmale Betten befanden, ein kleiner Tisch mit zwei Stühlen, zwei Schränke und eine separate Toilette. Ganz oben, in luftiger Höhe, hatten zwei winzige Fernsehapparate Platz gefunden.

In dem Nachbarbett lag eine leblose, männliche Gestalt, die tief und fest schlief.

»Was ist denn los? Wo bin ich denn?« Hofbauer formte die Worte mit dem Mund, immer wieder, bis er mit Schrecken feststellte, dass er nicht sprechen konnte.

Neben seinem Bett saßen Claudia und Bastian, mit strahlenden Gesichtern, die überhaupt nicht zu Hofbauers Panik passen wollten.

»Jetzt bist du voll da, Papa«, sagte Bastian. »Gratuliere!«

»Du bist mit dem Kopf auf eine Steinplatte gefallen. In Planegg. Weil du ganz plötzlich wieder mal ohnmächtig geworden bist«, sagte Claudia.

Hofbauer konnte es nicht glauben.

»Du bist vierzehn Tage lang im künstlichen Koma gelegen. Im Klinikum Großhadern. Und jetzt päppeln wir dich hier in Bad Aibling wieder hoch«, fuhr Claudia fort. »Du hast einen Herzschrittmacher eingepflanzt bekommen.«

»Damit das alles nicht noch einmal passiert. Mensch, Papa«, Bastian krähte vor Vergnügen, »dich hier so liegen zu sehen, ohne Schläuche und all dem anderen Zeugs, also, ich muss sagen: Ich bin total happy.«

Hofbauer, der sich weder an seinen Sturz noch an die Tage in Großhadern erinnerte, war sprachlos, im wahrsten Sinne des Wortes, und gleichzeitig schockiert über seinen Zustand.

Man hatte ihm einen Urinkatheter verpasst, hatte ihm einen Schnitt in den Hals beigebracht und den Schnitt mit Mull und Pflaster verschlossen. Und er spürte, dass sehr wohl ein Schlauch in ihn hineinführte, es war die »Nahrung«, wie die blutjungen Schwestern ihm versicherten.

Er deutete mit der rechten Hand die Gestik des Schreibens an.

Bastian drückte ihm einen dicken DIN-A4-Block und einen Bleistift in die Hand.

Claudia erzählte, es seien Dutzende Genesungswünsche per Post eingetroffen. Sie zeigte ihm das Paket.

»Beileidsbezeugungen«, schrieb Hofbauer.

Es dauerte Minuten, bis Claudia und Bastian das Gekritzel lesen konnten. Und wieder lachten sie.

»Was soll ich hier?« schrieb Hofbauer auf den Block.

»Gesund werden«, sagten die beiden.

»Die wollen nur mein Geld!«

»Zahlt alles die Kasse.«

Er sah hinaus aus dem Fenster, auf das kantige Wendelsteinmassiv, das überhaupt keinen aufmunternden Eindruck auf ihn machte. Ganz im Gegenteil, bei dem Gedanken, höchstwahrscheinlich nie mehr in die Berge gehen zu können, fiel er in das Loch einer abgrundtiefen Niedergeschlagenheit.

Man erklärte ihm, dass er jetzt jeden Tag sprechen üben müsse. Er bekäme dafür eine spezielle Kanüle eingesetzt, oben am Hals. Überhaupt sei er den ganzen Tag beschäftigt mit Trainingseinheiten, Übungen zur Muskelstärkung, psychologischer Betreuung und so weiter und so fort ...

»Ich will heim!« schrieb er auf den Block.

»Das dauert noch«, sagte Claudia.

Er fühlte sich schutzlos, man hatte ihm den unsichtbaren Mantel herkömmlicher Konventionen, Rücksichtnahmen und Regeln brutal weggenommen.

»Ich bin in der Hölle«, schrieb er auf das oberste Blatt Papier.

»Die Teufel sind alle blau gekleidet.« Claudia deutete auf eine der jungen Schwestern, die die Nahrungszufuhr kontrollierte.

»Wir sind Engel«, lachte die Schwester, ohne beleidigt zu sein. Sie war allerhand gewöhnt.

Hofbauer, der noch immer nicht kapiert hatte, was er hier eigentlich sollte, erkundigte sich schriftlich nach dem Stand der Ermittlungen in Sachen Warmuth und Bender.

Bastian musste zugeben, dass er nichts davon wusste. Also erzählte er von der Schülerkonferenz. Von Anna-Lisa. Und vom GräfGym-Chat.

Aber sein Vater zeigte sich nicht sehr interessiert. Er malte mit Filzstift unleserliche Worte aufs Papier und wurde rasch ungeduldig, wenn sie die Worte nicht entziffern konnten.

»Was soll ich hier?« schrieb er immer wieder.

Mit der Antwort, er müsse schnell wieder ganz gesund werden, konnte er nicht viel anfangen. Er ließ sich ein Dutzend Mal erklären, wie es zu dem Unfall vor dem Hause Benders gekommen war. Er hatte keinerlei Erinnerung daran.

Sie sagten, dass er jetzt eine Trachealkanüle trage, damit er besser atmen könne.

Er tastete nach dem Block.

»Warum hast du mich damals verlassen, Claudia?« schrieb er mit wackeligen Buchstaben.

Seine Exfrau sah ihn groß an, dann murmelte sie unsicher: »Du musst dich ausruhen. Du brauchst Ruhe.«

Mit zornigem Gesicht deutete er noch einmal auf seine Worte.

»Gib ihm doch Antwort!« forderte Bastian.

»Dies ist nicht die richtige Zeit und der richtige Ort«, sagte Claudia.

Bastian zuckte die Achseln.

Eine Schwester erschien mit forschem Schritt und entschlossener Miene. »Sie können nur noch n büschen bleiben«, rief sie mit hanseatischem Tonfall in Richtung Claudia und Bastian, »dann ist die Besuchszeit zu Ende.«

Gehorsam erhob sich Claudia von ihrem Stuhl.

»Wir machen heute schon um sieben Feierabend. Ich hab noch bannig viel zu schreiben.« Schwungvoll schob die Schwester die Gitter von Hofbauers Krankenbett nach oben. Es schepperte wie auf der Müllsammelstelle.

»Wir müssen Sie leider blockieren«, sagte sie zu Hofbauer. »Damit Sie im Schlaf die Trachealkanüle nicht rausreißen. Das wäre tödlich.«

Sie nahm Hofbauers Handgelenke und band sie mit je einem Gurt an das rechte und linke Gitter. Sie band seine Füße fest und legte einen weiteren Gurt um seinen Bauch.

»Wir machen das nicht gerne«, erklärte sie. »Aber es ist notwendig, zu Ihrer Sicherheit.«

Dann wusch sie das Gesicht des Kommissars und wünschte fröhlich eine gute Nacht.

Bastian und Claudia standen dabei, bleich und fassungslos. Claudia flüsterte: »Ich muss jetzt leider gehen«, und Bastian erklärte mit belegter Stimme, er werde morgen sofort mit dem Oberarzt telephonieren.

Hofbauer lag in seinem Bett, verzweifelt und hilflos. Er fragte sich, warum man ihn nicht hatte sterben lassen.

Irgendwann schlief er ein.

Als die Nacht vorbei war, kam die Nachtschwester, leerte seinen Urinbeutel aus und flüsterte: »Es ist ein Uhr. Noch sieben Stunden, dann haben Sie's geschafft.«

Hofbauer drehte den Kopf ein paar Zentimeter nach rechts, sah zum Fenster hinaus. Und wartete auf das endlos entfernte Morgengrauen.

Der kleine, zerknitterte Mann stellte sich vor. Er hieß Benedikt Forster, verwitwet, keine Kinder. Er fragte höflich, ob Anita irgendetwas trinken wolle.

Er wartete keine Antwort ab und brachte umgehend frisch aufgebrühten Kaffee, verführerisch riechende Schokokekse und frischen Apfelkuchen. Sie überdachte ihren bis zur Stunde getätigten Kalorienverbrauch und entschloss sich nach kurzem Zögern, zwei der Kekse zu essen.

Ihr Gastgeber vertilgte im Laufe des Gesprächs den Rest.

Anita betrachtete das kleine, hübsch eingerichtete Haus, in dessen Wohnzimmer sie saßen. Unwillkürlich stellte sie Vergleiche an mit Randolfs Behausung.

Randolf kam nicht gut dabei weg.

Sie unterhielten sich über Warmuth und Bender. Forster hatte sie beide gekannt, vom Stammtisch her. Sie seien nett gewesen und harmlos. Redeten ab und zu wirres Zeug, von »kleinen Bildchen« und »misslungenen Proben«, mehr aus Angabe, wie Forster vermutete.

»Was haben Sie während der beiden Fußballspiele gemacht?« stellte Anita die immer wieder gleiche Frage, »Deutschland gegen Polen und Deutschland gegen Portugal?«

Der Zerknitterte deutete auf den großen Flachbildschirm. »Hab ich mir extra gekauft, hat sich bis jetzt auch gelohnt.« Und er erging sich ausführlich über die Taktik Löws, frischfröhlich zu stürmen. »Sieht auf einem großen Bild erst richtig toll aus. Da meint man wirklich, man ist mitten dabei.«

»Wissen Sie, was Randolf während der zwei Spiele gemacht hat?«

»Sofakino, wie wir alle«, grinste Forster.

Er stand auf, stieg auf einen Stuhl und sah hinüber zu Nummer 13. »Jetzt glotzt er schon wieder«, nuschelte er, »der schaut sich auch jeden Blödsinn an.« Er setzte sich wieder zu seiner Kaffeetasse.

»Könnte es sein«, Anita fand es an der Zeit, diese Frage endlich zu stellen, »dass Randolf mal während besagter Spiele sein Haus verlassen hat?«

»Wie meinen Sie denn das?«

»Nun ja«, Anita sah ihrem Gegenüber fest ins Auge, »dass er vielleicht mal in die Josef-Danzinger-Straße gefahren ist. Und ein andermal zum Waldlehrpfad.«

»Oh!« Der Zerknitterte nahm das letzte Stück Apfelkuchen, biss sich ein großes Stück ab und kaute lange und sorgsam darauf herum.

»Und dass er Aprikosenlikör dabeihatte.«

Forster war noch immer mit dem Apfelkuchen beschäftigt. Seine Stirn wurde noch faltenreicher, er schluckte den Rest des Kuchens endlich hinunter, dann sagte er: »Möglich ist alles. Theoretisch. Aber ich glaube es nicht. Weil er nämlich dann direkt an meinem Haus vorbeifahren hätte müssen.«

»Er hätte auch einen Umweg nehmen können.«

»Hätte er.« Forster schüttelte energisch den Kopf. »Randolf ist kein Mörder«, stellte er fest. »Er ist, mit Verlaub gesagt, viel zu blöd dazu. Der Bursche kann sich ja nicht einmal sein Hemd ordentlich zuknöpfen.«

Er stieg noch einmal auf den Stuhl und sah zu seinem Nachbarn hinüber. »Und wenn er einen Nagel in die Wand hauen soll, produziert er ein faustdickes Loch. Nein, nein, Randolf ist zu dusslig. Außerdem«, der Stuhl hatte seine Schuldigkeit als Ausguckposten getan, »ich sehe meilenweit kein Motiv. Seine Freunde umbringen, einfach so, das gibt's nur im Fernsehen.«

»Randolf hat kein Geld.«

»Es wurde ja auch nichts gestohlen, hab ich gelesen.«

Damit war das unappetitliche Thema für Forster erledigt.

Sie trafen sich in Dieckmanns Zimmer, der Staatsanwalt sehr beschäftigt und nicht gewillt, die Abwesenheit Hofbauers zum Hauptinhalt des Gesprächs werden zu lassen.

»Ich habe mit der Gattin des Herrn Hauptkommissars telephoniert«, sagte er leichthin, »ihr Mann ist in Bad Aibling, Rehastation, es ist alles in bester Ordnung.«

»Jeder Mann ist ersetzbar«, sagte Lichtlein.

»Aber nicht unbedingt durch dich!« Anita warf ihm die Worte vor die Füße wie Putzlumpen.

»Schon mal was von Odonkor gehört?« fragte Lichtlein ungerührt.

»Was ist das? Ein Fluss in Afrika?«

»Odonkor ist Ersatzmann in der deutschen Elf. Er hat voriges Jahr bei der WM die Vorlage für das 1:0 gegen Polen gegeben. Wenige Sekunden vor Schluss. Er ist über sich selbst hinausgewachsen.«

Anita rümpfte die Nase. »Und warum erzählst du mir das?«

Lichtlein streckte sich und wischte ein paar unsichtbare Stäubchen von seiner ungebügelten Hose. Er gab keine Antwort.

Anita musterte ihn misstrauisch. »Sag bitte nicht, du möchtest jetzt diesen Odonkor spielen und richtig auf den Putz hauen, nur weil der Chef nicht da ist. Wir sind hier nicht bei den Kickern, ganz nebenbei.«

Dieckmann, der mit einem Stoß unerledigter Schriftstücke beschäftigt war, wurde hellhörig.

»Ich habe keine Ahnung«, mischte er sich in das Gespräch, »wovon Sie gerade sprechen. Aber so viel hab ich kapiert: Kollege Lichtlein, was haben Sie sich ausgedacht?«

»Er möchte nach Bad Aibling fahren und Hofbauer besuchen«, rief Anita schnell. »Er hat schon ein ganz schlechtes Gewissen.«

Aber der Kollege hatte heute seinen großen Tag. Er ließ sich nicht im Geringsten beirren. Er sagte: »Mein Gewissen ist rein. Und den Chef besuche ich erst, wenn er wieder sprechen kann. Das habe ich so mit mir ausgemacht.«

Er trat einen Schritt auf Dieckmanns Schreibtisch zu.

»Im Vertrauen«, er beugte sich über das unerledigte Aktenstück, »ich werde mir diesen Langenfeld noch mal vorknöpfen und ihm eine Speichelprobe entnehmen. Da gibt es doch diese Chesterfield-Zigaretten. Vielleicht habe ich Glück.«

Der Staatsanwalt sagte: »Langenfelds Motive sind nicht von Pappe, das war schon immer meine Rede. Die Lebensversicherung, die hübsche Wohnung, die, nun ja, nicht mehr ganz taufrische Witwe ...«

»Ich werde mein Bestes geben.« Lichtlein glühte vor Eifer.

»Vergiss nicht, dein Trikot anzuziehen!«

»Du bist ja nur neidisch.«

»Lichtlein-Odonkor! Der Retter der Enterbten, der Witwen und Waisen.«

»Wer zuletzt lacht, lacht am besten.«

»Jeder Hinweis kann wichtig sein.« Dieckmann hatte genug von dem Geplänkel. »Sagen Sie mal, was ich schon lange fragen wollte: Wann ist diese Fußball-WM eigentlich zu Ende?«

»Die war schon vor einem Jahr vorbei«, antwortete Lichtlein und gab sich Mühe, nicht zu lachen.

»Aber da waren doch dauernd so spannende Spiele? Jetzt, vor ein paar Tagen.«

»Das war die Europameisterschaft, Herr Staatsanwalt.«

»Ach ja? Und wer hat gewonnen?«

»Spanien, Herr Staatsanwalt.«

»Und die Deutschen?«

»Sind Zweiter geworden.«

»Na, immerhin.«

»Es hat keine Morde mehr gegeben«, stellte Anita zufrieden fest.

»Die Herren Randolf und Zinkgraf wollten Personenschutz, weil sie Angst hatten, sie kämen nun dran. Als Opfer des Fußballspielmörders«, sagte sie.

»Die Landpolizei hat auf die beiden aufgepasst«, ergänzte Lichtlein.

»Es wäre opportun gewesen, mich in dieser Sache zu unterrichten«, sagte Dieckmann beleidigt.

Lichtlein rief forsch »Tschuldigung«, und dann meinte er, die Spanier hätten verdient gewonnen.

Dieckmann blätterte noch eine Weile verdrossen in seinen Papieren, dann erzählte er, er sei früher einmal ein recht passabler Handballspieler gewesen. »Na ja, ist schon lange her!« Schließlich gab er bekannt: »Lichtlein, Sie recherchieren noch mal bei Langenfeld, machen Sie ihn mürbe. Kann nicht schaden. Und Sie, Frau Mauermann, gehen zu unserem Seniorenclub. Wenn Hofbauer zurückkommt, möchte ich den Fall erledigt haben.«

Anita nickte zerstreut. Sie sagte nichts von ihrem Besuch bei dem kleinen, zerknitterten Mann. Aber sie beschloss, Lichtlein alleine herumalbern zu lassen. Sie selbst wollte sich auf die alten Herren konzentrieren. Und sie schwor sich, möglichst bald ihren Chef zu besuchen. Wenn sie in seiner Nähe war, kamen ihr gute Gedanken.

Vorerst aber galt es, der Großgaststätte Heide Volm ihre Aufwartung zu machen. Und das Likörglas aus Benders Wohnung endlich der Spurensicherung zu geben.

In Randolfs Werkstatt an der Germeringerstraße sah es aus, als hätte eine Bombe eingeschlagen.

Gut fünfzig Millionen Dollar lagen dort herum, in Schachteln, in Kisten, auf dem Boden verstreut.. Das meiste war Makulatur, Randolf und der Künstler hatten längst den Überblick verloren.

»Es wird endlich Zeit, dass wir die Piepen loswerden«, sagte Randolf ungeduldig.

»An wen?«

»An die entsprechenden Leute.«

»Wenn du Warmuth und Bender nicht umgebracht hättest«, Randolf schnippte mit dem Fuß ein paar Dollar auf die Seite, »wären wir noch zu viert. Und wesentlich leistungsfähiger.«

Zinkgraf starrte seinen Kumpanen an, als hätte der den Weltuntergang prophezeit.

»Ich glaube, du hast einen Eimer Amphetamine zuviel gefressen«, sagte er ruhig. »Nicht ich habe unsere Freunde umgebracht. Du bist das gewesen. Ich hab dich schon lange in Verdacht!«

»Jetzt spinnst du komplett! Wann und wie soll ich das denn gemacht haben? Und warum?«

»Das ist mir egal.«

»Dann geh doch zur Polente!«

Zinkgraf nahm ein Bündel Dollarscheine und schmiss sie in die Luft. »Erst sprengen wir Fort Knox«, rief er wild.

»Anschließend liefere ich dich an den Galgen«, lachte Randolf hämisch.

Sie schwiegen sich minutenlang an.

»Wir müssen die Unmengen Makulatur erst mal wegschaffen«, sagte Zinkgraf.

»Verbrennen.«

»Zerschreddern, wie wir's schon mal versucht haben.«

»Das halt ich nicht aus. Wir müssen Bogen für Bogen in den Apparat einschieben, es dauert ewig, bis so ein Blatt endlich mal in Streifen zerschnitten ist.«

»Und die Offsetmaschine produziert inzwischen fünf Millionen in der Stunde.«

»Ein satte Leistung!«

Zinkgraf nahm einen Bogen frischer Dollar, hob ihn hoch, legte ihn auf eines der Trockenregale. »Wir müssen Käufer finden, die uns nicht um die Ecke bringen.« Er schob ein großes Blatt in die Schredderanlage. Es dauerte tatsächlich zermürbend lange.

»Wir müssen tätig werden.« Randolf boxte sich in die flache Hand. »Wir benehmen uns wie die Doofis.« Er ging zu Zinkgraf und schüttelte ihn kräftig durch. »Ab jetzt habe ich hier das Sagen! Nimm das bitte zur Kenntnis!«

Zinkgraf kratzte sich ungläubig am Kopf.

»Spielst du plötzlich den Profi? Mir soll's recht sein.«

»Zuerst einmal hören wir auf, uns gegenseitig zu beschuldigen.«

»Du hast mit dem Schwachsinn angefangen.«

»Okay! Vergiss es!«

Randolf nahm eine leere Tonne und schleppte sie in den Hof. Er zündete ein paar Blätter Ausschuss an und warf sie in die Tonne. Weitere Blätter folgten. Die Flammen schlugen in die Höhe, der Qualm stieg weithin sichtbar nach oben.

Irrten sie sich, oder hörten sie irgendwo das Martinshorn?

Sie gerieten in Panik.

Sie zerrten einen Schlauch herbei und löschten die angekokelten Papiere. Und stellten sich fluchend wieder an die Schreddermaschine.

Randolf lief weg und besorgte blaue Plastiksäcke. Sie stopften das Zeug in die Säcke und fuhren sie zur Sperrmüllsammelstelle.

»Man muss Ideen haben«, keuchte Randolf.

Zinkgraf grinste. Dass er schon vor Wochen ein paar Säcke an das Würmufer geschmissen hatte, sagte er besser nicht. »Ab morgen kümmern wir uns um Abnehmer.«

»Wie machen wir das?«

»Du kannst froh sein, dass die Polente noch nicht bei dir war und doofe Fragen gestellt hat. Du bist die Naivität in Person.«

»Wenn nur du alles weißt!«

»Ich weiß auch alles.«

Sie fuhren noch am gleichen Abend nach München, um einen Container zu mieten. Für irres Geld. Sie zahlten in Euro, es waren die letzten, die sie hatten. An die Dollar wagten sie sich noch nicht heran.

In den Container stopften sie die Blüten, die sie verscherbeln wollten. Sie schoben ihn in die hinterste Ecke der Werkstatt.

Völlig erschöpft kauften sie sich Bier und Hamburger. Auf Pump.

Dann setzten sie sich auf die zerschredderten Banknoten und fraßen sich voll.

»Früher haben wir beim Italiener Cannelloni gegessen.«

»Das ist jetzt vorbei«, sagte Randolf. »Jetzt essen wir nur noch in Fünfsternerestaurants.«

»Ohne Warmuth und Bender.«

»Hör bloß auf damit!«

Als sie satt waren, schliefen sie ein, wo sie gerade saßen.

Dabei nagte noch im Traum das Gefühl an ihnen, nicht unbedingt wie alte Hasen ihre Probleme zu lösen.

Sie wirkten wie Relikte einer Zeit, als das Ganovenmilieu noch fernsehgerechte Typen hervorbrachte. In Wirklichkeit waren sie verkleidete Kleinbürger, die Falschgeld produzierten, in einer Qualität und Menge, die man in Deutschland noch nicht gesehen hatte.

Lichtlein fuhr nach Großhadern ins Klinikum.

Dort fischte er Langenfeld aus dem Aufenthaltsraum des Hol- und Bringdienstes und verfrachtete ihn in seinen Wagen.

Der rundliche Mensch sagte, er werde sich schriftlich beschweren. Im Klinikum zähle jede Arbeitskraft, und der Betrieb werde empfindlich gestört, wenn man einen der Mitarbeiter einfach so und ohne triftigen Grund kidnappe.

»Jawohl«, wiederholte er. »Kidnappen ist der richtige Ausdruck.« Dann zog er sich hinter eine Mauer des Schweigens zurück.

In der Ettstraße angekommen, gingen sie umgehend in den hässlichen Verhörraum. Lichtlein zog noch eine junge Beamtin hinzu. »Zwei«, so murmelte er, »hören besser als einer. Erzählen Sie mir von jenem Montagabend, als Sie bei Warmuth waren«, begann er.

Langenfeld unterbrach seine Stummzeit. »Es war nicht Montagabend«, rief er erregt, »es war nachmittags. Das hab ich Ihnen schon hundertmal erzählt!«

»Wie spät war es genau?«

»Fünfzehn Uhr.«

»Nicht achtzehn oder zwanzig Uhr?«

»Nein!«

»Und was haben Sie mit Warmuth besprochen?«

»Ich hab ihm einen Tausch vorgeschlagen. Er kriegt ein schickes Zimmer im Altenheim. Kostenlos. Und wir behalten die Wohnung in der Josef-Danzinger-Straße, Flora und ich.«

»Was hat er gesagt?«

»Er hat mich angebrüllt.«

»Das ist neu!«

»Meinetwegen.«

»Hat er nun gebrüllt oder nicht?«

Langenfeld presste die Hände vor sein Gesicht. »Ich weiß es nicht mehr!«

»Rauchen Sie Zigaretten?«

»Nein! Das hab ich Ihnen aber auch schon x-mal verklickert.«

»Wir machen eine DNA-Probe. Wenn Sie kurz mal ›Aah‹ sagen würden.«

Er gab der Beamtin einen Wink, und ehe Langenfeld etwas antworten konnte, hatte sie geschickt mit einem Stäbchen in seinem Mund herumgefuhrwerkt.

»So, das wär's!« Zufrieden steckte sie das Stäbchen in den Behälter zurück.

»Vielleicht rauchen Sie doch hin und wieder ein Zigarettchen? Zur Beruhigung. Wir haben nämlich eine hübsche Chesterfield-Kippe unter dem Fußabstreifer Warmuths gefunden.«

Langenfeld schüttelte sich. »Die letzte Zigarette hab ich vor acht Jahren geraucht. Mir ist heute noch schlecht davon.«

Lichtlein rückte einen Stuhl heran, setzte sich darauf und saß Langenfeld direkt gegenüber. »Sie haben dreißigtausend Euro Schulden«, sagte er lauernd. »Ihr mieses Gehalt im Klinikum reicht hinten und vorne nicht.« Er hob seine Stimme. »Da käme Ihnen eine hübsche Lebensversicherung gerade recht! Und ein warmes Nest bei Flora Warmuth ebenso. Ich kann Sie ja verstehen. Die Zeiten werden immer schlechter. Geben Sie's doch zu, Langenfeld.«

Er wechselte einen intensiven Blick mit der jungen Polizistin.

»Wie haben Sie's denn gemacht, Langenfeld? Wie haben Sie's denn fertiggebracht, dem Alten den Likör einzuflößen?«

Er stand auf, beugte sich ganz nahe zu Langenfeld hinüber. »Aprikosenlikör. Und K.o.-Tropfen. Respekt, Langenfeld, Respekt!«

Der unscheinbare, runde Mann erhob sich, sah Lichtlein entgeistert an. Er zitterte am ganzen Körper. »Ich möchte nach Hause gehen. Ich bin unschuldig. Ich möchte einen Rechtsanwalt sprechen. Jetzt. Sofort.«

Er sank auf seinen Stuhl zurück.

»Eins nach dem anderen«, sagte Lichtlein. »Schön der Reihe nach.«

Und dann befahl er der Polizistin, Verstärkung zu holen.

Hofbauer saß im Rollstuhl und unterhielt sich mit der Psychologin. Dazu bekam er die sogenannte Sprechseele eingesetzt, oben, durch den Schnitt an seinem Hals.

Es war die schönste Stunde des Tages.

Man hatte ihn endlich von den nächtlichen Fesselungen befreit. Obwohl er sich einmal, wie auch immer, nachts auf den Bauch gedreht und sich auf die Trachealkanüle gelegt hatte.

Lebensgefährlich!

Der Aufruhr war gewaltig, und an den kommenden Abenden wurden die Gurte besonders sorgfältig kontrolliert.

Aber jetzt hatte er es überstanden.

Er konnte den Wendelstein auswendig, er beobachtete ihn jede Nacht von ein bis acht Uhr. Wie er hinter den Wolken verschwand, wieder auftauchte, oder sich schamhaft überhaupt nicht zeigte.

Dann kamen die Blauen Engel ins Zimmer geschwebt, einer davon setzte sich an Hofbauers Bett und sagte »Heute ist Selbsthilfe.«

Hofbauer zog sich nackt aus, setzte sich auf einen fahrbaren Toilettenstuhl, und der Engel, jung, hübsch und mit stoischer Ruhe versehen, rollte ihn unter die Dusche.

Dann trocknete sich Hofbauer ab, so gut er konnte. Und dann erledigte er seine Geschäfte. Der Engel verschwand und kam nach fünf Minuten wieder, um Hofbauers Sauberkeit zu kontrollieren.

Hofbauer hatte gelernt, dass es das Beste war, jeglichen Stolz und jegliche Selbstachtung in den Kleiderschrank zu sperren. Man war ein Name mit zwei Beinen, alles andere wartete im Schrank darauf, irgendwann einmal wieder hervorgeholt zu werden.

Die Engel fragten lieb und freundlich, wo er nach der mühsamen Ganzkörperwäsche hingeschoben werden wollte. Ans Fenster? Wieder ins Bett? Auf den Gang?

Hofbauer bewegte sich, auf dem Rollstuhl sitzend, vor das Fenster, soviel brachte er inzwischen schon fertig. Dort saß er stundenlang und studierte den blühenden Sommer. Er versuchte, sich an zu Hause zu erinnern. An den Fall Warmuth und Bender. Anita hatte einen Brief geschrieben. Lichtlein führte das große Wort im Büro. Er hatte Langenfeld festgenommen. Und nach drei Tagen wieder freigelassen. Null Übereinstimmung der DNA mit den kargen Spuren an der Chesterfield.

Eine Riesenblamage.

Auch das Likörglas aus Benders Wohnung hatte keinerlei Hinweise ergeben.

»Sie träumen«, sagte die Psychologin. »Welcher Tag ist denn heute?«

Er wusste es nicht. Seine Uhr lag in der Nachttischschublade, einen Kalender gab es nicht in dem Zimmer.

»Donnerstag«, riet er aufs Geratewohl.

Das war leider falsch.

»Welcher Monat?«

»Juni.«

»Der ist schon lange vorbei. Und welches Jahr haben wir?«

»2008«

»Na, immerhin.«

Er erinnerte sich dunkel an die Europameisterschaft, irgendjemand hatte erzählt, Deutschland habe das Endspiel gegen Spanien verloren.

Es hatte keine Morde mehr gegeben, die zu gleicher Zeit stattfanden wie die Spiele der deutschen Mannschaft. Das stand alles in Anitas ausführlichem Brief.

Möglicherweise war seine Theorie falsch gewesen? Oder richtig?

Hofbauer stellte fest, dass ihm die Ettstraße schnuppe war.

Ein Engel kam und kündigte die Schlucktherapeutin an, eine freundliche, junge Dame, die ihm das Schlucken beibrachte. Er hatte es angeblich verlernt.

Es würde wieder kleine Brocken Eis geben und eine Miniflasche Ananassaft. Ein weiteres Highlight des Tages.

Anschließend würde man ihm erneut die Sprechseele rauben, und er musste im Trainingszimmer mühsam wieder laufen lernen.

Stumm.

Vielleicht, so überlegte er, bekam er Besuch?

Randolf und Zinkgraf hockten am Stammtisch der Gaststätte Heide Volm und aßen das Menü zu sechs Euro vierzig. Es gab Suppe und Zanderfilet mit Kartoffeln. Dazu ein Bier.

Die beiden vertilgten eine ungewöhnlich große Portion, die sie ausschließlich Gaby zu verdanken hatten. Denn wenn Randolfs Frau, die an diesem Tag wieder Bedienung war, keine so guten Beziehungen zur Küche gehabt hätte, wären die beiden kaum satt geworden. So aber wechselten immer mal wieder ein Glas Honig oder eine Tüte frische Äpfel den Besitzer.

Und dafür gab es Zander der Marke Extragröße.

Gaby zahlte.

Die übrigen Gäste, alles alte Herren aus Planegg und Umgebung, waren diese Sonderbehandlung schon gewöhnt. Sie sahen teils großzügig, teils leise murrend, darüber hinweg.

Randolf hatte soeben sein Mittagessen beendet, er spülte mit dem letzten Schluck Bier, den er sich aufgespart hatte, das letzte Stück Fisch hinunter, als sich ein schwitzender Kerl, angetan mit der Uniform der Müllmänner, neben ihn setzte. »Hat's gschmeckt?« fragte er.

Statt einer Antwort rülpste Randolf dezent, dann stand er auf und ging nach draußen, um eine Zigarre zu rauchen. Er öffnete das Etui und stellte mit großem Kummer fest, dass es leer war.

»Magst eine?«

Der schwitzende Kerl zog einen tiefschwarzen Rössli-Stumpen aus seinem Overall. Er gab Feuer, und alsbald standen die beiden unter den Kastanien und rauchten.

»Du bist der Dollarflüsterer, sagt man«, eröffnete der Müllmann das Gespräch.

Randolf verschluckte eine gehörige Portion Rauch, dann hustete er. »Wie kommst du denn auf sowas?«

Der Müllmann produzierte kunstvolle Ringe.

Dann erzählte er etwas von blauen Säcken, die sie an der Würm gefunden hätten. Und in den blauen Säcken seien Dollar gesteckt, zerfetzt und geschreddert, aber auch zum Teil noch unversehrt.

»Ein Zettel mit deinem Namen war auch dabei«, sagte er.

Randolfs Hirn arbeitete fieberhaft. Wer hatte die Säcke ans Würmufer geschmissen? Zinkgraf? Oder war es noch Bender gewesen, der das Zeug aus seiner Wohnung loshaben wollte?

Tatsache war, man hatte ihre Blüten entdeckt. Und Randolfs Namen noch dazu. Sie hatten sich wieder einmal wie Anfänger benommen.

»Die Lappen sind perfekt«, sagte der Müllmann, so als wollte er Randolf trösten. »Wir haben schon ein paar eingetauscht. Kein Problem. Aber«, er lutschte an der Zigarre wie an einem Schnuller, »wir brauchen mehr. Ein oder zwei Milliönchen wären nicht schlecht.«

Randolf wurde blass. Seine ganzen Pläne, gut und sorgfältig ausgedacht, schwammen die Würm hinunter. Was sollte er tun?

Zeit gewinnen. Das war das Wichtigste.

»Ich habe keine ein oder zwei Milliönchen«, keuchte er. »Wir sind erst am Anfang unserer Produktion.«

»Ich kann warten.«

In diesem Moment erschien Zinkgraf. Er hatte die letzten Sätze mitbekommen, er ahnte, was sich da zusammenbraute. »Zu welchem Kurs willst du tauschen?« fragte er frech. »Zwanzig Prozent unserer Blüten gegen echte Euroscheine. Das ist der Marktpreis.«

Ein schrilles Lachen war die Antwort.

»Ich zahl keinen Cent«, ein neuer Rössli-Stumpen wurde angezündet, »weil ihr uns euren Zaster kostenlos rüberschiebt. Magst a Zigarrn?«

Zinkgraf schüttelte den Kopf.

»Am Sonntag in der Tiefgarage«, der Müllmann senkte die Stimme. »Zehn Uhr. Erste Anzahlung: eine Million. Wennst mi bscheißt, geh i zur Polizei. Dann habts ausgschissen!«

Er lachte noch einmal diabolisch, dann verschwand er in Richtung Müllcontainer.

»Was war denn das?« fragte Zinkgraf.

»Du bist ein Hornochse!« brüllte Randolf. »Du machst alles kaputt!«

Zur gleichen Zeit klingelte das Telephon von Axel Kluge, Referat SO 40, Schwere Kriminalität, beim Bundeskriminalamt in Wiesbaden.

Die Planegger Polizei hatte drei weitere Müllsäcke gefunden, vollgestopft mit zerschredderten Dollarnoten.

Die Beamten meldeten den Fall nach München, die dortigen Spezialisten gaben ihn weiter an das BKA in Wiesbaden.

Tags darauf saß Axel Kluge mit zwei Kollegen im Auto und fuhr in die bayerische Landeshauptstadt.

In einem momentan leerstehenden Raum in der Maillingerstraße, in der das bayerische Landeskriminalamt residierte, prüften sie die Funde und waren hellauf begeistert.

Die Qualität der Papierstreifen der halben und manchmal sogar noch unversehrten Dollarnoten war »allererste Sahne«, wie sie immer wieder betonten.

»Wir haben so etwas noch nie gesehen«, sagte Axel Kluge, »da waren echte Künstler am Werk.«

Die »echten Künstler«, die so profihaft falsche Dollar herzustellen wussten, waren aber keineswegs gefeit gegen Schlampereien. Sie hatten sich ein zweites Mal wie Anfänger benommen.

Denn die BKA-Männer um Axel Kluge fanden in dem Wust von Papierschnipseln den Bruchteil eines Briefes, und dieser Brief war adressiert an einen gewissen Herrn Heinz Randolf, Obstgartenweg 13, 82152 Planegg.

Vom selben Tag an standen Randolf, Zinkgraf und ein paar weitere Mitglieder des Stammtisches vom Heide Volm unter permanenter Überwachung. Denn das BKA vermutete, dass hinter einem derart irren Fall ein ganzes Rudel von Spezialisten stecken musste.

Die BKA-Leute fingen an, Material zu sammeln. Ganz alleine. Sie nahmen Verbindung mit dem Secret Service auf, telephonierten mit der GSG 9, große Oper.

Nur leider vergaßen sie Staatsanwalt Dieckmann und Kommissar Lichtlein. Und Anita Mauermann.

Hauptkommissar Hofbauer lag noch immer in der Reha-Station der neurologischen Klinik von Bad Aibling. An ihn dachte niemand.

Im fünften Stock des Polizeipräsidiums an der Ettstraße, in einem kleinen, sparsam möblierten Zimmer, hatte Oberamtsanwalt Lerche sein Reich. Lerche war ein penibler Kauz, der aussah wie ein zerstreuter Studienrat.

Bei ihm liefen alle Fäden zusammen.

Jedes Telephonat, das die Dollar-Connection fortan führte, wurde gespeichert, rund achthundert Telephonate insgesamt.

Die BKA-Leute warteten darauf, dass endlich etwas geschah. Eine Übergabe an irgendjemanden. Oder dergleichen.

Aber es passierte nichts. Gar nichts. Denn Randolf und Zinkgraf fanden keine Abnehmer. Sie hatten keine Klientel. Sie besaßen zwar inzwischen Millionen Dollar, allerbeste Qualität, aber sie konnten sich nicht einmal ein Joghurt damit kaufen.

Weil sie sich nicht trauten. Weil die Banken misstrauisch jede fremde Währung prüften.

Und da Randolf und Zinkgraf keine Kontakte hatten, blieben sie auf ihren Blüten sitzen. Sie waren wagemutig und feige zugleich.

Zunächst wenigstens.

Den Müllmann hatten sie in der Tiefgarage warten lassen. Sie waren gar nicht hingegangen.

Er schickte zwar haufenweise Erpresserbriefe, die Zinkgraf die Schweißperlen auf die Stirne trieb, Randolf aber keineswegs berührten.

*Eine Mio. Dollar, oder es kracht,* schrieb Blümel beispielsweise. Oder: *Beteiligung am Geschäft, fünfzig Prozent. Sonst Polizei.*

Randolf steckte die Fetzen ungerührt in den Schredder. Er nahm den Blümel Sepp nicht ernst.

Nur Zinkgraf lamentierte hysterisch herum. »Der bringt uns noch in den Knast«, jammerte er.

Aber sein Kumpan versuchte ihn zu beruhigen. »Mit einem Herrn Blümel werd ich schon fertig«, sagte er. »Verlass dich drauf. Der kriegt null Komma nix«, was Zinkgraf mit einem zweifelnden Stirnrunzeln quittierte.

Hofbauer saß in seinem Rollstuhl neben den großen Fenstern, von denen aus man zur Cafeteria hinunterschauen konnte.

Langsam, ganz langsam dämmerte es ihm, dass die Ärzteschaft durchaus recht gehabt hatte, ihn hierherzuschicken.

Er war jetzt schon sechs Wochen in Bad Aibling, und er spürte, dass die Nachwirkungen seines Schädel-Hirntraumas im Zeitlupentempo schwächer wurden.

Er konnte wieder sprechen.

Es gelang ihm bereits, zehn Minuten lang konzentriert Zeitung zu lesen. Heute früh war er sogar, gestützt auf den Trainer, mindestens zwanzig Meter zu Fuß gegangen.

Trotzdem schlichen die Tage dahin, zäh wie Kaugummi.

Hofbauer hatte unendlich viel Zeit zum Nachdenken. Zum Beispiel darüber, warum er, wie Bastian und Claudia ihm immer wieder erklärten, unendlich viel Schwein gehabt hatte.

Er hätte tot sein können. Der Herzstillstand hätte im Auto stattfinden können, und was dann passiert wäre, es war nicht auszudenken.

Darüber grübelte er, wenn er nachts nicht einschlafen konnte. Er lag in seinem Bett, das in einem fast gemütlich zu nennenden Einzelzimmer stand, und starrte an die Decke. Der Rahmen des Bettes war aus Holz, er wusste gar nicht, dass es so etwas noch gab.

Hofbauer wurde nicht mehr angegurtet, ein fast paradiesisches Gefühl. Und trotzdem sehnte er sich nach seiner Wohnung, er sehnte sich nach seinem Haus in Planegg, in dem er früher gewohnt hatte.

Er fragte sich, wie lange er noch dieses lästige Kopfweh ertragen musste, das ihn ständig plagte, und dieses unangenehm pelzige Gefühl im Mund und im ganzen Gesicht. Diese permanente Übelkeit.

Hofbauer war noch nie so lange im Krankenhaus gewesen.

Das Essen schmeckte immer gleich, es gab abends drei Scheiben Wurst, die alle denselben Geschmack hatten. Und wenn er nicht in der Cafeteria mit Butter belegte Brezeln hätte kaufen können und seinen geliebten Honig, er wäre schwerlich satt geworden.

Er war undankbar, er wusste es. Man päppelte ihn hier hoch, mit unendlicher Geduld. Und er regte sich auf über drei Scheiben Wurst.

Geduld! Das war das Wort, das er ganz neu lernen musste. Er musste seine Mitte finden, so hatte es ihm die Psychologin schon in den ersten Tagen in das sogenannte Gedächtnisbuch geschrieben, das sie ihm schenkte.

Seine körperliche Mitte war zur Zeit mit einem Pflaster zugeklebt. Man hatte ihm wochenlang durch ein Loch in seinem Bauch Nahrung zugeführt, mit einem dünnen, fast unsichtbaren Schlauch. Der Schlauch war jetzt weg, aber das Pflaster war noch da.

Wo war Hofbauers Mitte?

Das Gedächtnisbuch enthielt schriftliche Beweise seines hiesigen Aufenthalts.

*Nicht den Mut verlieren!*

*Die Kanüle schützt Ihre Luftröhre vor dem Eindringen von Speichel und Nahrung. Ziel ist die Entfernung der Kanüle und das Ernähren mit allen Konsistenzen.*

*In der Physiotherapie bin ich Treppe gestiegen, gelaufen und habe versucht, auf einem Bein zu stehen.*

*Sich nicht unterkriegen lassen!*

*Der arme Mensch von nebenan, der bei einem Unfall die Sprache verloren hat, schenkte mir einen ellenlangen Schuhlöffel.*

Hofbauer nahm sich vor, das Gedächtnisbuch nicht zu vergessen und mit nach Hause zu nehmen, wenn er jemals wieder nach Hause kommen sollte!

Er sah wieder hinunter zur Cafeteria, wo ein enormer Familienclan afrikanischer Besucher um fünf zusammengeschobene Tische saß und aus einer großen Schüssel Spaghetti vertilgte. Der einzige Kranke des Clans, ein junger Mann im Rollstuhl und mit einer Halskrause versehen, bemühte sich, die gute Stimmung, die seine Verwandten und Freunde mitgebracht hatten, nicht zu vermiesen.

Hofbauer verspürte einen lebhaften Appetit. In einer Stunde würde es Abendessen geben.

Drei Scheiben Wurst.

Es war Samstag, irgendein Samstag im Juli.

Er nahm sich vor, in drei Wochen gesund zu sein und heimzufahren. Obwohl er wusste, dass dieser Plan, ohne Besprechung mit der Ärztin, ein reiner Wunschtraum war.

Drei Wochen!

Plötzlich stand Bastian vor ihm. An ihm lehnte ein weibliches Wesen, verführerisch jung. Beide trugen Blue Jeans und abenteuerliche Jacken.

»Hallo Papa!«

»Servus, Bastian.«

Sie umarmten sich.

Bastian holte einen Stuhl und setzte sich neben seinen Vater. Das weibliche Wesen war Anna-Lisa, Bastians neue Liebe.

»Ich hab dir von ihr erzählt, vom GräfGym-Chat und so. Wie du hier eingeliefert worden bist. Erinnerst du dich?«

»Nicht so ganz.«

»Ich hab dir von mir erzählt und von der Schule. Wie du in Großhadern auf der Intensiv gelegen bist. Hast du da gar nichts mitgekriegt?«

Hofbauer schüttelte den Kopf.

»Irgendwas kriegt man immer mit«, sagte Anna-Lisa.

Hofbauer fragte, ob die beiden eine Kleinigkeit essen wollten. Man könnte zur Cafeteria gehen.

»Wir haben den ganzen Tag noch nichts gefuttert«, sagte Anna-Lisa,

»Wir sind mit Autostopp hergekommen«, ergänzte Bastian.

»Und wie fahrt ihr wieder heim?«

»Wir bleiben hier. Es sind ja Ferien. Mensch, Papa, wir können dich jetzt jeden Tag besuchen. Ist das nicht toll?«

Hofbauer freute sich. Er war glücklich, zumal er Bastian in den letzten Wochen von einer bis jetzt nie gekannten, liebenswürdigen Seite kennengelernt hatte.

Trotzdem musste er die überraschende Nachricht erst einmal verdauen. Er fragte sich, was zwei junge Menschen in einem Kuhdorf wie Bad Aibling anfangen sollten. Denn sie konnten ja nicht den ganzen Tag bei ihm im Krankenhaus sitzen.

»Und wo übernachtet ihr?« wagte er schüchtern zu fragen.

»Auf dem Campingplatz.«

Das Mädchen fischte aus ihrer Jacke ein Bündel Dollar, zusammengehalten durch eine übergroße Büroklammer. »Damit fliegen wir im August nach Jamaica.«

Instinktiv griff Hofbauer nach dem Geld. »Wo hast du das her?«

»Von einem Gnom aus Planegg. Er ist von seinem Müllwagen runtergesprungen und hat mir den Zaster in die Hand gedrückt. Gegen ein Busserl«, wie sie grinsend hinzusetzte.

Sie küssten sich hingebungsvoll, so als wollten sie das Busserl, das Anna-Lisa dem Gnom gegeben hatte, jetzt endgültig wegwischen.

Hofbauer befühlte die knisternden, grünen Scheine in seiner Hand, rieb sie zwischen den Fingern, hielt sie in Richtung der Neonlampen an der Decke.

»Beste Qualität«, sagte er nüchtern, »aber leider falsch.«

Die Wirkung seiner Worte war erstaunlich.

Anna-Lisa kicherte verlegen, Bastian rief empört, er glaube das einfach nicht. Er zweifelte lautstark an seines Vaters Kenntnissen, was Falschgeld anbetraf, und er gab entschlossen bekannt, gleich am Montag in eine Bank zu gehen und zwei oder drei der Scheine umtauschen zu lassen.

»Dann werden wir ja sehen«, rief er erbost.

Und wieder schlang er seine Arme um Anna-Lisa und versicherte ihr tausendmal, sie brauche sich keine Sorgen zu machen.

Hofbauer, dem der ganze Zirkus, den er angezettelt hatte, unangenehm war, lud die beiden Verliebten zum Essen ein, unten, in der Cafeteria.

Und sie einigten sich darauf, eine der Banknoten heute noch an Anita zu schicken.

»Erst dann werden wir sehen«, sagte Hofbauer.

Also schoben die beiden Falschgelddealer ihren Patienten in seinem Rollstuhl zum Lift und fuhren mit ihm zum Abendessen.

Es gab warmen Leberkäse und Semmeln.

»In drei Wochen werde ich entlassen«, sagte Hofbauer. »Oder in sechs. Es werden endlose Wochen sein. Ich weiß schon gar nicht mehr, wie es in München aussieht.«

Er fühlte sich urplötzlich inmitten einer fast körperlich spürbaren Depression.

Bastian rief erschrocken: »Wir sind doch jetzt täglich bei dir«, aber es nützte nichts.

Er dachte an die Operation, die er noch vor sich hatte, verbunden mit einer Fahrt nach Mühldorf, um fünf Uhr in der Früh. Eine lächerliche Sache, wie alle betonten, die Wunde an seinem Hals musste zugenäht werden, nicht der Rede wert.

Aber seit seinem Aufenthalt in Großhadern fürchtete er sich vor jedem Operationssaal. Was hatte die Zeit auf der Intensivstation aus ihm gemacht?

Er gab Anna-Lisa sein Gedächtnisbuch und bat sie, ein paar freundliche Zeilen reinzuschreiben. Bastian sah ihn groß an, Anna-Lisa nickte nur, ließ sich einen Bleistift geben und begann zu schreiben.

Um neunzehn Uhr mussten die beiden sich verabschieden.

Es gab einen Kuss für Bastian und einen Kuss für Anna-Lisa.

Hofbauer fuhr alleine in sein Zimmer, das klappte schon ganz gut.

Er schlug das Gedächtnisbuch auf. Dort stand in sauberer Mädchenhandschrift:

*Danke für das Abendessen.*

*Man kann die Dinge von verschiedenen Seiten aus betrachten.*

*Zum Beispiel: Ich hatte großes Pech. Oder: Ich hatte großes Glück!*

*Ich komme* erst *in drei Wochen heim. Oder: Ich komme* schon *in drei Wochen heim.*

*Love, Anna-Lisa*

Hofbauer rollte zu dem kleinen Tisch.

Ein blauer Engel erschien und maß Blutdruck und Temperatur, gab ihm eine Spritze in den Bauch gegen irgendwas. Wünschte freundlich »Gute Nacht«.

Hofbauer fuhr ins Bad und leerte seinen Urinbeutel aus, der noch immer an sein rechtes Bein geklebt war, und wusch sich, so gut es ging.

In dem winzigen Fernsehapparat gab es zentimeterkleine Männchen, die mit Thomas Gottschalk auf einem Sofa saßen.

Er legte sich um neun Uhr ins Bett, so sehr hatte er sich an den Krankenhausrhythmus gewöhnt.

Dieses Mädchen Anna-Lisa, sinnierte er, war ein Schatz.

Auch Bastian war ihm ein großes Stück nähergerückt.

*Ich hatte großes Glück ...*

Anita parkte den Wagen vor Zinkgrafs Haus, am Ende der Planegger Zweigstraße, unten an der Würm.

Das Haus war ein Häuschen, einstöckig, sein Besitzer hatte drei Wohnlöcher aneinandergeklebt, ein viertes diente als Rumpelkammer.

Zinkgraf erschien, mit struppigem Haarkranz versehen und sichtlich nervös.

Sie setzten sich auf eine alte, zerschlissene Hollywoodschaukel, die auch schon bessere Zeiten gesehen hatte. Er sagte, er könne Anita leider nichts anbieten, ein momentaner finanzieller Engpass, ja, ja, sowas komme vor, aber möglicherweise sei schon morgen alles ganz anders.

Anita staunte. »Erwarten Sie eine größere Erbschaft?«

Der alte Herr lachte zerstreut. »Was wollen Sie eigentlich von mir?« Er ging auf die kleine Wiese vor dem Haus, riss eine Handvoll Gänseblümchen aus und zupfte die einzelnen weißen Blütenblätter ab.

»Muss auch mal wieder gemäht werden«, er deutete auf die Wiese, »aber leider ist mein Rasenmäher kaputt.«

»Wo waren Sie am 8. und am 19. Juni?«

»Fernsehn gucken. Fußball.« Zinkgraf gab die Antwort fast automatisch. »Haben Sie jetzt immer noch keinen Hinweis auf den Mörder?«

Ein weiteres Gänseblümchen musste dran glauben.

»Was machen Sie eigentlich den ganzen Tag?«

Er schien sich plötzlich an Anitas Chef zu erinnern. »Und wie geht's Ihrem Boss? Diesem Herrn Hofmüller?«

»Hofbauer.«

»Is doch egal. Er wollte veranlassen, dass wir geschützt werden. Ich habe nichts davon gemerkt.«

Zinkgraf nahm Anitas rechte Hand, streute die weißen Blütenblätter auf ihr Handgelenk und klopfte mit einem kräftigen »Hoppla« auf die Unterseite. »Sieben Blättchen sind übrig geblieben«, erklärte er mit albernem Kichern. »Sie bekommen insgesamt sieben Kinderlein.«

Anita überlegte, ob ihr Gegenüber heute eine große Schau abzog, oder ob er tatsächlich innerhalb weniger Tage so gealtert war. Sie hatte ihn ganz anders in Erinnerung.

Sie fragte, ob sie einen kurzen Blick ins Innere des Hauses werfen dürfte.

Zinkgraf nickte. »Das Bett ist aber noch nicht gemacht.«

Er kletterte mit einiger Mühe aus der Hollywood-Schaukel und führte seinen Gast in den ersten der drei Räume.

Das Bett war tatsächlich noch nicht gemacht, es war umrahmt von allerlei Getier, angefertigt aus alten Schaufeln, Schrauben und anderem schmiedeeisernen Abfall.

»Immer wenn ich mal Zeit habe«, erklärte Zinkgraf, »bastle ich an meinem Zoo herum.«

Sie gingen durch die Wohnküche, in der es aussah wie auf einem Abfallhaufen, und kamen in das sogenannte Atelier, wie es Zinkgraf stolz nannte.

Das Atelier war angefüllt mit täuschend ähnlichen, fertigen und halbfertigen Lithographien nach der Art Andy Warhols. Staffeleien standen herum, und überall lagen Mal- und Zeichenutensilien. Pinsel, Schwämme, Farbtöpfe.

»Mein echtes kleines Hobby«, sagte Zinkgraf bescheiden. »Aber das ist eigentlich nichts für die Augen einer Kripotante. Ich verkauf nämlich auch manchmal was von dem Krempel.«

»Wir interessieren uns nur für Schwerverbrechen«, sagte Anita. »Mord und dergleichen.«

»Da kann ich leider nicht dienen.«

Anita sah dem Künstler in die unschuldigen Augen. »Könnte es sein, dass Sie am 8. Juni mal eine Fernsehpause eingelegt haben? Und schnell rüber zur Josef-Danzinger-Straße gefahren sind?«

Zinkgraf tat, als habe er nichts gehört. Er nahm ein Bild von einer der Staffeleien und lehnte es an einen kleinen Schrank. »Möchten Sie's haben? Ein fast echter Rauschenberg. Nur tausend Euro. So gut wie geschenkt.« Unruhiges, nervöses Zucken im Gesicht. »Ich bin nämlich zur Zeit nicht flüssig, wissen Sie.«

Anita nickte. »Wie lange braucht man mit dem Auto zum Hochhaus?«

»Ich besitze kein Auto.«

»Und mit dem Fahrrad?«

»Mein Rad ist kaputt.«

»Wie kommen Sie dann zum Heide Volm?«

»Randolf holt mich ab.«

»Rauchen Sie Zigaretten?«

Zinkgraf nahm den fast echten Rauschenberg und stellte ihn wieder auf die Staffelei zurück.

Er sagte: »Dämliche Fragen zu stellen ist Ihr Beruf, meine Dame. Oder Ihr Job, wie man das heutzutage nennt. Aber mein Job ist es nicht, dämliche Fragen zu beantworten.«

Er hielt Anita eine leere Zigarrenschachtel unter die Nase. »Besorgen Sie mir eine neue, volle Schachtel, und Sie kriegen den Rauschenberg, weil ich heute Namenstag habe.«

Axel Kluge saß in dem immer noch höchst sparsam möblierten Zimmer des Oberstaatsanwalts Lerche und studierte die aufgezeichneten Telephonate der Dollar-Connection.

Sie waren höchst aktiv, die beiden Herren, zu denen ganz offensichtlich auch noch ein dritter Ganove gestoßen war. Ein Mann namens Sepp Blümel, der ständig Millionen von ihnen verlangte und damit drohte, die Abziehbilder einfach so unters Volk zu schmeißen.

»Wo hat er die her?« fragte der Mann aus Wiesbaden.

»Woaß i net«, antwortete Lerche.

Randolf und Zinkgraf, das stand fest, telephonierten täglich mit einer ganzen Reihe von dubiosen Geschäftsleuten, die das Blaue vom Himmel herunter versprachen. Wurde die Angelegenheit konkret, geriet sie in immer nebelhafteres Fahrwasser.

Und wer von den beiden Männern nervöser war und endlich echtes Geld zwischen den Fingen sehen wollte, war schwer zu unterscheiden.

Die Liste der Geschäftsleute enthielt eine Reihe honoriger Namen, Kluge las sie vor:

Peter Valch, Lochham
Anton Thiel, Gräfelfing
Der verrückte Sirian, München
Franceso Trexler, München
Gerhard Fenner, Lochham
Aribert von Hutschenreuth, München
Peter Rodi, Martinsried
Heinrich Reiter, Martinsried
Florian Adler, MDL, München

»Kennst du einen von den Typen?« fragte Kluge und legte die Liste auf den Tisch zurück.

»Die ersten beiden kenne ich flüchtig, Valch und Thiel. Auch Herrn Fenner aus Lochham. Es sind rüstige Rentner, die ständig in Urlaub fahren oder zum Fischen gehen. Florian Adler sitzt im Landtag, er hat sich gerade scheiden lassen. Seine Ehemalige ist die Tochter des Finanzministers.«

»Einige genauere Recherchen wären durchaus sinnvoll.«

»Wer macht sie, du oder ich?««

»Wenn ich alle Papierschnipsel zusammengekleistert habe, fange ich an.«

»Und deine Kollegen, wo sind die eigentlich?«

»Münchner Luft schnuppern.«

Kluge ärgerte sich. Höchstwahrscheinlich saßen die beiden im Englischen Garten und tranken Bier.

»Du könntest dir wenigstens mal einen Gummibaum besorgen«, sagte er vorwurfsvoll. »In ein echtes Büro gehört ein Gummibaum.«

»Die Polizei muss sparen«, erwiderte Lerche ungerührt.

»Dann geh zu diesem Blümel Sepp und lass dir ein paar Dollar schenken.«

»Guter Gedanke.«

Sie rührten in ihrem Automatencafé und dachten angestrengt nach.

»Weißt du was?« Lerche blätterte in den Aufzeichnungen. »Wenn wir wirklich weiterkommen wollen, wird es Zeit für eine verdeckte Ermittlung.«

»Sag ich doch schon lange.«

»Wir brauchen eine hübsche Undercover-Agentin.«

»Die gibt's ja massenhaft.«

»Besonders hier in München.«

Kluge schnalzte mit der Zunge. »Da läuft doch immer so ein schickes Mädchen, voll gestylt, durch die Gänge unseres Beamtensilos. Kennst du die?«

Lerche zeigte seine blitzenden Zähne. »Das ist unsere Anita. Ein scharfer Karpfen. Aber sie ist momentan ganz traurig, weil ihr Chef einen schlimmen Unfall gehabt hat. Er liegt in Bad Aibling oder wo.«

»Liebt sie ihn?«

»Möglich. Aber nur platonisch. Sie ist verheiratet und hat einen frechen Bamsen, der sich nie die Nase putzt.«

»Dann kann er kein Polizist werden.«

Lerche stülpte den leeren Pappbecher über die Ohren eines Stoffhundes, der auf dem Schreibtisch ruhte. »Soll ich mal runter telephonieren, ob sie anwesend ist?«

»Tu das.«

Lerche zog sein Notizbuch zu Rate, dann wählte er ein paar Zahlen.

Anita war anwesend, sie versprach, kurz nach oben zu kommen. Minuten später stand sie vor den beiden Männern, sommerlich gekleidet, aber mit mürrischem Gesicht. Ihr Gesicht wurde noch mürrischer, als Lerche ihr erklärte, um was es ging.

»Das is ja doll!« prustete sie. »Da sitzen wir grade mal zwei Treppen auseinander, und keiner weiß, was der andere tut.«

Der Mann aus Wiesbaden spitzte die Ohren. Lerche grinste verlegen.

»Das musst du mir schon mal erklären, mein Liebling«, sagte Kluge.

»Ich bin nicht Ihr Liebling!« fauchte Anita.

Dann unterrichtete sie die beiden über die Morde an Warmuth und Bender, und dass ein gewisser Verdacht durchaus auf Randolf und Zinkgraf falle.

»Leider haben wir keinerlei Beweise«, seufzte sie. »Ein paar Zigarettenstummel, aber die taugen nicht viel. Außerdem rauchen die Typen nur Zigarren.«

»Warum sollten sich die Ganoven gegenseitig umbringen?«

»Das frage ich mich allerdings auch.«

Anita erzählte von dem merkwürdigen Besuch bei Zinkgraf. »Zinkgraf ist Künstler, er macht Lithos und so Zeug. Wahnsinn!« Sie klopfte sich mit der flachen Hand an die Stirn. »Wenn er Lithos macht, kann er auch Dollar machen. Fragt sich nur, wo?«

»Hast du sein Haus genau durchsucht?«

»Es ist kein Haus. Es sind Wohnlöcher.«

»Und nirgends stehen Druckmaschinen rum, Offset oder dergleichen?«

Anita schüttelte den Kopf. »Da ist alles viel zu eng. Die müssen ihre Werkstatt irgendwo anders haben, aber wo, ist mir schleierhaft. Außerdem sind sie pleite.«

»Und kriegen ihre Dollar nicht los«, sagte Lerche.

»Das ist unsere Chance.« Kluge rieb sich die Hände.

»Wir brauchen schleunigst einen Lockvogel. Unser Liebling hier«, er deutete auf Anita, »kommt leider nicht in Frage. Weil ihn die Jungs kennen.«

Bei dem Wort »Liebling« fuhr Anita kurz hoch, machte aber dann nur eine müde Handbewegung. »Er kann's nun mal nicht lassen«, knurrte sie.

Lerche sagte: »Kennen Sie eine Kollegin, die in Frage käme? Hübsch«, er zwinkerte Anita zu, »nicht auf den Mund gefallen?«

»Die soll's bei diesem Randolf versuchen«, ergänzte Kluge. »Soll sich ranschlängeln und ihm irgendwas vorquasseln.«

Anita dachte kurz nach. »Ich frag mal rum«, sagte sie. »Wenn Sie mir versprechen«, ihre Augen wurden grün, »werter Kollege Kluge, den ›Liebling‹ endlich wegzulassen. Und«, sie wandte sich zur Tür, »wenn wir ab jetzt zusammenarbeiten.«

»Was den Liebling betrifft«, grinste Kluge, »kann ich's nicht versprechen. Zusammenarbeit aber ist Ehrensache.«

Er übergab Anita die von Lerche gesammelten Aufzeichnungen. »Wenn du mal Zeit hast, liebe, äh, Kollegin.«

»Auf du und du sind wir noch lange nicht.«

»Seid ihr in Bayern so streng?«

»Ich bin so streng«, sagte Anita. Und mit einem freundlichen Lächeln fügte sie hinzu: »Aber nicht immer. Tschau!«

Hofbauer saß unten, in den Tiefen des Aiblinger Krankenhauses, und wartete auf seinen Zivi, der ihn zurück in sein Zimmer fahren sollte.

Er war heute schon zweimal eine der unzähligen Treppen hinaufgestiegen und wieder heruntergewankt, hatte zwanzig Minuten Fahrradstrampeln auf dem Hometrainer hinter sich und hatte zusammen mit drei anderen Patienten versucht, einen Luftballon mit der flachen Hand durch die Luft segeln zu lassen, ohne dass der Ballon den Boden berührte, und ohne dass einer der Sportler umfiel.

Jetzt war er müde.

Der Zivi erschien und schob den immer noch in seinem Rollstuhl sitzenden Hofbauer hinauf in den ersten Stock, vor die Tür seines Zimmers. »Das war's, bis zum nächsten Mal.«

»Danke, mach's gut!«

Hofbauer öffnete die Tür.

In dem einzigen Sessel, der zur Verfügung stand, saß Frau Dr. Elly Rose, und strahlte ihn an.

»Hallo Peter!«

»Hallo mein Schatz, wo kommst du denn her?«

Hofbauer hatte noch so viel Geistesgegenwart, die Bremse seines Vehikels zu arretieren, damit das Ding nicht wegrollte, dann stand er auf, ein wenig wacklig, und umarmte Frau Dr. Elly Rose, wobei er sich zu weit nach vorne beugte und stürmisch auf ihrem Schoß landete.

Das gewagte Manöver endete in einem überraschend innigen Kuss.

»Mensch, Papa, was machst du denn da?« In der Tür stand Bastian mit großen Augen. Neben ihm lehnte, wie immer, seine Anna-Lisa.

»Wir sind in einem Krankenhaus!« lachte der Gast aus Großhadern.

»Und nicht in einem Freudenhaus«, rief Anna-Lisa in schöner Offenheit.

»Genau so ist es!« Hofbauer küsste seinen Besuch ein zweites Mal, dann stand er mühsam auf und setzte sich wieder in seinen Rollstuhl.

»Das ist der schönste Tag seit langer Zeit«, sagte er glücklich. »Darf ich die Herrschaften miteinander bekanntmachen?«

Nachdem die Formalitäten erledigt waren, beschloss man, das Krankenhausessen heute ausfallen zu lassen und ins nahegelegene Restaurant zu gehen.

Bastian erklärte sich bereit, seinen Vater die kurze Strecke zu schieben.

Es klopfte.

Die Stationsärztin erschien, wunderte sich über den Besuch und bat Hofbauer zu einer kleinen, aber wichtigen Besprechung in ihr Zimmer gleich gegenüber.

Der Patient ahnte, was jetzt folgen würde.

Er sollte recht behalten.

Als sie in dem Büro angekommen waren, blätterte die Stationsärztin erst einmal lange in den Unterlagen, dann sagte sie, sie habe ausführlich mit den Kollegen gesprochen, und sie habe sich alles genau überlegt. Hofbauer habe noch die bekannte kleine Operation vor sich. Und die sei erst am Freitag, dem 25. Juli, möglich. Also in drei Wochen. Und dann müsse er, wenn alles gut gelaufen sei, noch vierzehn Tage hierbleiben. Er sei noch sehr unsicher auf den Beinen. Und seine Tests am Computer wiesen eine noch sehr verzögerte Reaktionsfähigkeit auf.

»Das muss noch besser werden, bei Ihrem Beruf!«

Aber sie verspreche ihm, sie sah auf den Kalender, am Freitag, dem 8. August, werde er entlassen. »Wenn alles gut gelaufen ist.«

Hofbauer gab keine Antwort. Er stotterte stattdessen »Mahlzeit«, dann rollte er zur Tür. Er brachte ein einigermaßen gekonntes Wendemanöver zustande, fuhr noch einmal zurück und streckte der Ärztin die Hand entgegen.

»Ehrenwort, 8. August!«

»Ehrenwort! Wenn alles gut geht.« Sie öffnete ihm sogar die Tür.

Auf dem Gang stand die Psychologin, in ein Gespräch mit einem der blauen Engel vertieft. Als sie Hofbauers enttäuschtes Gesicht sah, rief sie forsch: »Sie müssen Ihre Mitte finden, Herr Kommissar!«

Und der blaue Engel sagte: »Heute gibt's Kalbsrouladen, die mögen Sie doch so gern.«

„8. August«, murmelte Hofbauer. »Wenn alles gut geht!«

Er zog sich mühsam um, dann ließ er sich ins Restaurant schieben. Dort eröffnete ihm Bastian, dass er leider vergessen habe, den Brief an Anita Mauermann in den Kasten zu werfen.

Die Scampi in Dill, die Hofbauer bestellt hatte, schmeckten ihm nicht besonders.

Der junge Zinner betrachtete die Liste der angeblichen Dollarbesitzer. Das ominöse Blatt Papier war per Fax ins Revier gekommen, aus der Ettstraße, aber ohne Unterschrift.

Waren die BKA-Mitarbeiter plötzlich aktiv geworden? Sie hatten, so lautete das Gerücht, ihre Tage bis jetzt im Englischen Garten verbracht. Dort hatten sie die Nackerten beäugt und Bier gesüffelt.

Jetzt hatte sie anscheinend der Ehrgeiz gepackt.

Falsche Dollar im Würmtal, hergestellt von zwei des Mordes verdächtigen alten Herren! Oder von zwei völlig Unschuldigen, wer konnte das wissen? Die Welt wurde immer gspinnerter.

Zinner persönlich tippte auf Flora Warmuth als Mörderin, er konnte überkandidelte alte Weiber sowieso nicht leiden. Aber das war Sache der Mordkommission und nicht seine.

Also die geheimnisvolle Liste der angeblichen Falschgeldbesitzer.

Zinner schwang sich auf sein Fahrrad und fuhr ins benachbarte Lochham.

Valch war Rentner, und Fenner war Rentner, soviel wusste Zinner. Die Herren waren damit beschäftigt, Touren zu unternehmen, per Ski und per Fahrrad, je nach Jahreszeit.

Er besuchte die beiden und stellte seine Fragen.

Von falschen Dollar, die es angeblich zur Zeit im Würmtal geben sollte, hatten sie nichts gehört. Sie besaßen keine falschen Dollar. Nicht einmal echte. Sie kannten auch Randolf und Zinkgraf nicht.

Darin waren sie sich einig.

Peter Valch bot sich an, mit einer winzigen Zaubermaschine falsche Euro zu produzieren. Aber Zinner zeigte kein Interesse. Ihn lockten solche Zaubereien nicht. Schon gar nicht während der Dienstzeit.

Sein nächster Klient war der verrückte Sirian. Er hauste auf den Anlagebänken an der Würm. Nachts schlief er in einem unverschlossenen Gartenhäuschen in Gräfelfing.

Sirian war Kosovo-Albaner, Fußballspieler beim DJK Würmtal, und in seiner Heimat war er als Autoschlosser tätig gewesen.

Der Landpolizist entdeckte den Albaner im Planegger Wellenbad.

»Grüß dich!«

»Habe Ehre!«

Sirian lag auf dem Boden, umgeben von unzähligen Plastiktüten. In einer der Plastiktüten befanden sich zwölf Zehn-Dollarscheine. Sehr neu und sehr verdächtig.

»Wo hast du die her?« fragte Zinner streng.

»Gefunden«, antwortete Sirian.

Zinner prüfte Sirians merkwürdige Papiere, wohl zum zwanzigsten Male, denn man kannte sich gut.

Eine eingehende Befragung ergab, dass ein gewisser Dölci die Dollar von einer Türkin, die er noch nie gesehen hatte, geschenkt bekam. Und dieser gewisse Dölci hatte sie einem gewissen Mustafa verkauft. Mustafa hatte die Dollar beim Pfeiferauchen auf einer Bank in der Nähe des Lokals Pe Es verloren. Und Sirian hatte sie, ganz zufälligerweise, dort gefunden.

»Phantastisch!« knurrte Zinner.

»Große Ehrenwort«, sagte Sirian.

Zinner machte kurzen Prozess. Er steckte die Scheine in seine Hosentasche und wünschte Sirian noch einen sonnigen Nachmittag.

Sirian fragte: »Quittung?« Worauf Zinner nur müde lächelte.

Der Landpolizist schlängelte sich durch die Reihen der neugierigen Planegger Teenies und strampelte nach Martinsried. Dort wohnte Peter Rodi, ein pensionierter Geigenspieler, ehemals Mitglied eines bekannten Münchner Orchesters.

Er war nicht zu Hause. Seine Frau sagte, er bereite soeben die Zwanzig-Jahr-Feier des örtlichen Kulturvereins vor.

»Dollar? Wie sehen die denn aus?«

Zinner zeigte ihr einen der Scheine Sirians.

»Sind die echt?«

»Wohl kaum.«

»Möchten Sie eine Tasse Tee?«

»Nein danke.«

Zinner, der die Namensliste und sämtliche falschen Dollar zum Teufel wünschte, fragte nach der Adresse des Herrn Reiter. Der Gesuchte, so die Auskunft, wohnte irgendwo in der Nähe des Maibaums, er sei Besitzer eines großen Mietshauses und meistens auf dem Golfplatz zu finden.

»Gibt's in Planegg einen Golfplatz?«

»Nein. Aber am Starnberger See.«

»Ja, dann. Wiedersehen!«

»Schönen Tag!«

Da Zinner die Telephonnummern von Aribert von Hutschenreut und Florian Adler nicht auswendig wusste, radelte er zurück zur Polizeistation 46.

Dort saß Bodo Klotz, der Reporter der SZ-Würmtalausgabe und knisterte mit einem Hundert-Dollarschein. »Hat mir der verrückte Sirian zugesteckt. Weiß auch nicht, warum. Vielleicht wissen Sie's?«

»Es wird wohl bald regnen«, sagte Zinner.

»Nun mach schon, komm, ich brauch ja nur ein paar Hinweise. Wo hat denn Sirian die Dinger her?«

Der Dienstgruppenleiter, der von seinem Zimmer heruntergekommen war, sagte im klassischen Beamtenton: »Lesen Sie den Informationsdienst vom Wochenende, Herr Klotz. Da steht alles drin.«

»Das nützt mir gar nix.«

»Dann muss ich Sie bitten, den Raum zu verlassen. Wir dürfen keine Auskünfte geben, das wissen Sie.«

»Na, gut. Oder auch nicht gut. Hat mich gefreut, Sie mal wieder gesehen zu haben.« Verärgert suchte der Reporter das Weite.

Hofbauer saß im Fitnessraum und versuchte, zwanzig Minuten lang auf dem Hometrainer zu radeln, ohne herunterzufallen.

Ihm gegenüber bearbeitete ein junger Scheich das sogenannte Nudelbrett, ein längliches Ding, das mit der Muskelkraft der Arme unzählige Male von schräg unten nach schräg oben befördert werden musste. Seine aus dem Orient mitgebrachte Sklavin hockte vor ihm und lachte sich kaputt.

Als Hofbauer genau zwölfeinhalb Minuten von den geforderten zwanzig abgestrampelt hatte, tauchte Anita auf. Sie warf einen Blick in die fleißige Runde, dann kam sie auf Hofbauer zu.

»Hallo Chef! Schön, Sie wiederzusehen. Wie geht's?«

»Blendend«, log Hofbauer überrascht.

Er bat Anita, in der Cafeteria auf ihn zu warten. Anita ließ sich den Weg erklären und ging, von den neugierigen Blicken der beiden Übungsleiter verfolgt, durch die langen Gänge wieder zurück.

Als Hofbauer seine Arbeit erledigt hatte, bat er seinen Zivi, ihn zu dem vereinbarten Treffpunkt zu fahren. Er hatte genau eine halbe Stunde Zeit, dann rief der Kurs »Gedächtnistraining«, in dem es galt, sich die Namen der jeweils wechselnden Teilnehmer einzuprägen.

Anita saß vor einem Glas Wasser und betrachtete sichtlich erstaunt den in seinem Rollstuhl sitzenden Kommissar.

Hofbauer bat Anita, für ihn an der Verkaufstheke einen Cappuccino zu holen.

»Ich verschütte sonst die Hälfte«, erklärte er.

Als sie sich wieder gegenübersaßen, fragte Hofbauer leichthin: »Na, was machen unsere Mörder?«

»Sie sind schwer zu fassen«, antwortete Anita.

Sie erzählte von den entdeckten falschen Dollar, von der Überwachung Randolfs und Zinkgrafs durch das BKA, das sich in die Ettstraße eingenistet habe. »Randolf oder Zinkgraf kommen für mich als Mörder sowieso nicht in Frage.« Sie trank einen Schluck Wasser.

»Warum denn nicht?«

»Warum sollten sie ihre Freunde umbringen? Sie haben mit ihren Dollar genug zu tun.«

»Wenn du dich da mal nicht täuschst.«

»Es sind alte, schon leicht angetrottelte Typen, die am Ende ihres Daseins noch einen großen Coup landen wollen.«

»Sie sind eiskalt.«

Anita glaubte es nicht. Sie hielt ihren Chef für uninformiert und durch den Unfall geistig noch nicht wieder ganz auf der Höhe. Aber sie hütete sich, einen Ton davon zu erwähnen. »Für mich ist die olle Frau Warmuth viel verdächtiger. Schmeckt der Cappuccino?«

»Nein. Entschuldigung, ja. Vielleicht hast du recht, was den Tod ihres Ehemanns anbetrifft. Aber warum sollte sie Bender umbringen?«

»Das krieg ich schon noch raus.«

»Da wünsch ich dir viel Spaß dabei.«

»Danke.«

Hofbauer griff in seine Trainingsjacke und holte ein adressiertes Couvert hervor. Er riss es auf. »Das hier könnte einer der gefälschten Dollar sein.« Er legte die grüne Banknote auf den kleinen Tisch. »Übrigens, soweit ich das beurteilen kann, allererste Qualität.«

»Das sagen die vom BKA auch. Gibt's die Blüten jetzt schon im Krankenaus?«

»Bastian ist hier. Mit seiner, hm, Freundin. Und die hat ein paar solcher Scheine von einem Planegger Müllmann geschenkt bekommen.«

»Vom Blümel Sepp. Der wird inzwischen auch observiert.«

»Das Leben der Anderen.«

»In etwa.«

Hofbauer bat Anita, den Schein mitzunehmen und den BKA-Leuten zur Prüfung zu geben.

Anita versprach es.

»Gefällt es Ihnen hier?« fragte sie

»Ja und nein.«

»Wie lange müssen Sie denn noch hier bleiben, Chef?«

»Bis 8. August. Dann geht's heim in die Freiheit.«

»Ich hol Sie ab.«

»Das ist aber lieb von dir.«

Anita wurde rot.

Gleichzeitig fiel Hofbauer ein, dass ja auch Elly Rose versprochen hatte, ihn nach Hause zu fahren. Er machte innerlich mit sich aus, Anita demnächst per Telephon davon zu unterrichten.

Verlegen spielte er mit seinem Kaffeelöffel.

»Is was, Chef?«

»Nein, nein.«

»Wann werden Sie denn den Rollstuhl los?«

Hofbauer überhörte die Frage. Er sah zur Uhr. Da kam auch schon sein Zivi, um ihn zum Gedächtnistraining zu bringen. »Ich muss jetzt leider weg«, bedauerte der Kommissar. »Man hat hier volles Programm. Gut gegen die Langeweile.«

»Ich muss auch wieder los.«

»Servus. Und vergiss nicht: Zinkgraf ist der Mörder. Vielleicht auch Randolf.«

»Ich tippe mehr auf Flora Wermuth.«

»Warmuth!«

»Ciao, Chef! Ich lass Ihnen die Kopien meiner Aufzeichnungen da. Von meinen Besuchen bei den Jungs in Planegg.«

»Danke. Ich werde sie mir zu Gemüte führen. Irgendwann werd ich ja auch wieder mitmischen.«

»Das hoffe ich doch sehr.«

»Mach's gut!«

Am nächsten Tag stand folgender Artikel in der Würmtal-Ausgabe der Süddeutschen Zeitung:

***Wo hat Sirian die Dollar her?***

*Falschgeld überschwemmt das Würmtal*

*Von Bodo Klotz*

*Gestern wurde eine sehr seltsame Entdeckung im Planegger Wellenbad gemacht. Der Polizeiobermeister Zinner fand bei dem ortsbekannten Sirian B. zwölf Zehn-Dollarscheine.*

*Die Scheine sind laut Landpolizei gefälscht. Sirian B., der als Fußballspieler beim DJK Würmtal tätig ist, gab an, die*

*Scheine geschenkt bekommen zu haben. Und zwar von einer Türkin, die er nicht kannte. Außerdem war noch ein gewisser Mustafa auf den Handel fokussiert.*

*Die Scheine hätten vor dem Planegger Lokal Pe Es auf dem Boden gelegen. Wegen des großen Verkehrs in der Germeringerstraße, bekanntlich herrscht dort eine Verkehrsbewegung von siebzehntausend Autos und Lkw pro Tag, sei es sehr schwierig gewesen, sagte Sirian, die Dollar zu bergen.*

*In Martinsried gibt es laut einer Verkehrszählung rund achtundzwanzigtausend Verkehrsbewegungen am Tag.*

*Der Gemeinderat ist wieder einmal ratlos.*

*Verkehrszählungen nützen hier gar nichts. Auf diese Art und Weise ist weder in Planegg noch in Martinsried in den letzten Jahren ein einziges Auto weniger gefahren.*

*Unseren Recherchen zufolge sind in den letzten Tagen auch in den Geschäften des Würmtals vermehrt falsche Dollarnoten aufgetaucht. Was die gefälschten Dollar betrifft, so die Polizeistation 46, werde man demnächst geeignete Schritte unternehmen.*

Axel Kluge saß in dem spärlich eingerichteten Büro von Oberamtsanwalt Lerche und deutete mit seinem dicken Zeigefinger auf die Süddeutsche Zeitung. »Hol mir sofort diese Anita!« schrie er aufgebracht.

»Frau Mauermann hat den Artikel nicht geschrieben.«

»Woher weiß dann dieser, dieser«, er suchte nach dem Namen, »dieser komische Polizeiobermeister Zinner von dem Falschgeld?«

»Er weiß ja nichts davon. Er vermutet es nur.«

»Aber hier steht doch: *Falschgeld überflutet das Würmtal.*«

»Dann ruf den Reporter an.«

Kluge suchte nach dem Impressum. Er tippte die Nummer in sein Handy, aber niemand meldete sich.

Um einige Grad ärgerlicher wählte er die Nummer der Planegger Landpolizei. Dort sagte man ihm, der Polizeiobermeister Zinner sei gerade auf Streife. »Worum handelt es sich denn?«

»Wo habt ihr den Namen von diesem Sirian her?«

»Des woaß i net.«

Nach langem Hin und Her erfuhr Kluge endlich, dass ein Fax aus der Ettstraße in der Polizeistation gelandet war. Auf diesem Fax habe der gesuchte Name gestanden. Unter anderem. Das Blatt sei aber nicht unterschrieben gewesen.

Der Beamte in Planegg versprach, das ominöse Schriftstück sofort zurückzufaxen.

Vielleicht, meinte er, wäre es opportun, wenn Herr Kluge sich einmal in das Würmtal bemühen würde. Wegen Herstellung eines gemeinsamen Informationsstands. Ob der Kollege Zinner ihn anrufen solle.

»Ja!«

»Noch Fragen?«

Kluge warf das Handy auf den Tisch. »Die bayerische Polizei kann mich mal«, zischte er.

»Ich werd's weitersagen«, antwortete Lerche.

Als der Mann aus Wiesbaden sich beruhigt hatte, beschlossen sie, sich endlich mit der verdeckten Ermittlerin zu unterhalten, die Kontakt mit Randolf aufnehmen sollte.

Lerche verschwand für fünf Minuten und kam mit einer hübschen Polizistin wieder, blond, Mitte dreißig, dezent geschminkt.

Kluge strahlte.

»Lotti Amanda Korres«, stellte Lerche vor, »was sagst du zu dem Namen? Hab ich mir gerade ausgedacht.«

»Das klingt ja fast so gut wie Paris Hilton. Fehlt nur noch der Sekt in Dosen.«

Die Polizistin fragte, was auf sie zukommen würde.

Kluge erzählte ihr das Wichtigste, ausführlich und sehr genau. »Wir machen eine Legende. Sie sind eine Partyfee und brauchen für Ihre nächste Veranstaltung allerlei Drucksachen. Und Sie kriegen ein neues Outfit. Und einen schicken BMW.«

»Den hab ich mir schon immer gewünscht.«

»Dann ist ja alles in Butter.«

»Wo finde ich diesen Randolf? Wie sieht er aus?«

Lerche gab ihr einen Stoß Photos. »Sie fahren mittags zum Stammtisch beim Heide Volm in Planegg, machen sich an Randolf ran, tun a bisserl schüchtern. Er ist schon ein älterer Herr. Sie himmeln ihn an und kommen ganz nebenbei auf die Dollar zu sprechen. Sie können es auch bei Zinkgraf versuchen, seinem Spezi.«

»Mir wird schon was einfallen.«

»Da bin ich sicher.«

Lerche fragte, bis wann sie ein neues Kostüm besorgen könne.

Lotti Amanda Korres überlegte. »Sagen wir, bis heute Abend.«

»Das geht aber schnell«, staunte Kluge.

Lerche meinte: »Dann kommen Sie doch mal vorbei und veranstalten eine kleine Modenschau.«

»Mit Vergnügen. Wie viel darf ich denn ausgeben?«

»Keine Ahnung. Stellen Sie einen Antrag in dreifacher Ausfertigung.« Er lachte. »Wer zahlt? Das BKA oder die Münchner Polizei?«

Kluge zuckte die Achseln.

»Ich gehe in den Second-Hand-Laden meiner Freundin«, schlug Lotti Amanda vor. »Ich krieg das schon hin. Irgendwann werden die Herrschaften sich ja wohl einig werden.«

»Hoffen wir's«, sagte Kluge.

Tags darauf fuhr ein schnittiger roter 5er BMW auf den Parkplatz der Großgaststätte Heide Volm in Planegg. Es war ein wunderschöner Sommertag und der Biergarten gut besucht.

Lotti Amanda stöckelte durch die Tischreihen, in einem beigefarbenen Kostüm, sehr elegant, mit einem Hauch Schüchternheit versehen.

Sie erkannte den Gesuchten sofort.

Er saß unter einem Kastanienbaum, neben ihm hockte Zinkgraf, mit Glatze und wirrem Haarkranz.

Lotti fragte die Bedienung nach einem Herrn Randolf. Er sei ihr empfohlen worden.

Gaby, sofort misstrauisch und eifersüchtig, deutete auf ihren Mann. Die elegante Dame ging zu Randolf hinüber, der sprang auf und bot ihr seinen Platz an. Er machte bekannt: »Herr Zinkgraf, Herr Blümel, und das hier ist Sirian, stammt aus dem Kosovo, ja, ja, mit wem haben wir denn die Ehre?«

Lotti sagte, sie wolle nicht stören.

»Aber Sie stören doch nicht, meine Gnädigste. Möchten Sie was trinken? Eine Kleinigkeit essen?«

Randolf spielte den Mann von Welt, er hatte am gestrigen Abend beim Pasinger Bahnhof ein paar Grüne verkauft. Er fühlte sich reich.

»Ja, nicht wahr?« sagte Lotti bescheiden, sie wolle nur ein Glas Wasser.

»Kein Problem!«

Das Wasser kam, schöner Tag heute, sie sei Geschäftsfrau, veranstalte Festivitäten aller Art, ja, ja.

Womit man dienen könne?

Sie brauche Einladungskarten, Plakate, solche Sachen, sie habe gehört, Randolf sei ein begnadeter Künstler.

Zinkgraf wurde unruhig. Zumal Randolf sofort ansprang wie ein Rennwagen. Ja, da sei sie an der richtigen Adresse.

»Moment mal«, zischte Zinkgraf. »Du weißt ja nicht mal, wie man einen Bleistift richtig hält!«

»Mein Freund macht immer seine Späße, zu köstlich, aber Spaß muss sein, sonst wäre ja alles viel zu traurig.«

Randolf warf Zinkgraf einen wütenden Blick zu. Schließlich setzte er sich mit Lotti an einen Nebentisch. Dort spielte er seine Rolle brillant weiter.

Die beiden unterhielten sich prächtig.

Lotti war hin und weg von ihrem Glück. Sie konnte kaum glauben, einen leibhaftigen Künstler gefunden zu haben. Sie brauche irgendwas mit Dollar, ihre Kundschaft sei, nun ja, sehr betucht. Ob Randolf Dollar malen könne?

Jetzt wurde es Zinkgraf, der alles mitangehört hatte, doch zu blöde. Er schob scheppernd seinen Stuhl zurück und setzte sich zornbebend zu dem Paar hinüber. »Dollar?« schrie er. »Dollar sind meine Spezialität. Kommen Sie morgen wieder! Dann zeig ich Ihnen was! Da werden Sie Augen machen!«

Die Dame zeigte sich verwirrt. »Jetzt verstehe ich gar nichts mehr«, sagte sie. »Man hat mir gesagt, Herr Randolf sei der Künstler.«

Zinkgraf lachte schrill.

Als sich auch Sepp Blümel von seinem Platz erhob und in seiner Gesäßtasche nach seinem Geldbeutel zu suchen begann, bekam Randolf Panik. Da ging ihm womöglich das Geschäft seines Lebens durch die Lappen. Nur wegen dieser beiden Deppen.

Aber die Geschäftsfrau aus der Stadt ließ sich nicht drausbringen. Man einigte sich schließlich darauf, es nicht nur mit einem, sondern mit zwei Künstlern zu tun zu haben.

Lotti bat die beiden Streithähne an ihren Tisch, sagte charmant zu Blümel, er möge sich wieder an seinen Platz setzen, und fing an, von Interessenten aus Liechtenstein zu reden. Die würden sich eventuell für Dollar interessieren.

»In Liechtenstein?«

»Selbstverständlich.«

Die beiden Herren bekamen feuchte Hände.

»Da hätten wir durchaus was zu bieten«, sagte Randolf.

»Erstklassige Ware«, rief Zinkgraf.

Man versprach sich, am nächsten Tag wieder zusammenzukommen. Hier, im Wirtsgarten.

»Wenn es aber regnet?« warf Zinkgraf ein. »Der Wetterbericht klingt nicht gut.«

»Dann eben unten, in den Zirbelstuben.«

»Wann?«

»12:30 Uhr.«

»Abgemacht!«

Zinkgraf war hochzufrieden, Randolf weniger.

Lotti wollte nun doch eine Kleinigkeit essen. Einen Salat. Wegen der Linie.

Man lud sie ein. Brachte sie anschließend zu ihrem Auto. »Eine tolle Kiste haben Sie da, Frau ... äh, wie war noch Ihr Name?«

»Korres.«

»Ah ja, Korres. Also dann. Bis morgen.«

»Tschüss!«

Der Bericht, den Lotti Amanda Korres ihren Auftraggebern erstattete, klang sehr positiv.

Die Leute vom Roten Kreuz kamen Punkt fünf Uhr in der Früh.

Hofbauer war schon eine Stunde vorher wach geworden. Er setzte sich ans Fenster und sah hinaus in die aufgehende Sonne.

Er war ganz ruhig. Dieses Operatiönchen noch, und er hatte es überstanden.

Er machte den beiden Bajuwaren klar, dass er nicht im Liegen transportiert werden wollte. Sondern im Sitzen.

»Des is uns wurscht!«

Also stieg er ins Auto und setzte sich auf den Stuhl neben der Tür.

Sie fuhren über die Dörfer, gut zwei Stunden lang. Von Mühldorf selbst, dieser schönen Stadt mit den im Innviertel üblichen prunkvollen Fassaden, sahen sie überhaupt nichts. Aber sie begegneten Kühen, Dorfhunden und freilaufenden, vermutlich glücklichen Hühnern.

Das Krankenhaus lag außerhalb, klein und schnuckelig, das war Hofbauers erster Eindruck.

Man schob ihn in eine enge Koje, bat ihn, sich aller Kleidungsstücke zu entledigen und das übliche OP-Hemd anzuziehen.

Er gehorchte. Und wartete.

Schließlich band man ihm einen Zettel mit seinem Namen an die große rechte Zehe und schob ihn in den Operationssaal.

»Was sollen wir machen? Die Schnittwunde am Hals vernähen? Aha! Kein Problem. Nichts leichter als das.«

Sie sagten, er würde jetzt gleich einschlafen. Auf seine Frage, ob er auch wieder aufwachen würde, reagierten sie mit säuerlichem Lächeln.

Dann riefen sie laut seinen Namen: »Herr Hofbauer! Herr Hofbauer!« Die Operation war zu Ende.

Er fragte sich, ob man irgendwann einmal, wenn man tot war, mit einer ähnlich kräftigen Stimme ins ewige Leben befördert werden würde.

Er schlug die Augen auf. Ärzte und Schwestern blickten ihn erwartungsvoll an.

»Herzlichen Dank«, sagte Hofbauer.

»Keine Ursache. Alles gut gelaufen.«

Sie fuhren ihn in die Koje zurück, empfahlen ihm, noch ein wenig liegen zu bleiben. Sich auszuruhen. Er verfolgte die aus der Nachbarkoje herüberklingenden Ratschläge, wie man sich nach einer Blinddarmoperation verhalten solle, und dämmerte ein wenig ein.

Als die Rote-Kreuz-Leute erschienen, zog Hofbauer sich an, ging etwas mühsam zum Wagen und setzte sich wieder auf seinen Sitz, streng beobachtet vom Beifahrer, der ihn während der ganzen Fahrt scharf ansah. Er könne ja vom Stuhl runterfallen, trotz Sicherheitsgurt, ist alles schon vorgekommen.

Sie kurvten durch den glühend heißen Mittag.

Die Kühe standen im Schatten eines Baumes, die glücklichen Hühner blinzelten sich schläfrig an. Selbst die Hunde waren zu faul, das Auto anzubellen.

Auch der junge Mann musterte Hofbauer jetzt aus schlafverhangenen Augen.

In der großen, weitläufigen Neurologischen Klinik von Bad Aibling angekommen, wankte Hofbauer in sein Zimmer.

Dort saß Frau Dr. Elly Rose, liebreizend anzusehen, und umarmte ihn. Er genoss die Umarmung aus vollem Herzen.

Aber so einfach sollte er nicht davonkommen.

Die blauen Engel erschienen, schleppten ein Kontrollgerät herbei und klemmten eine breite Klammer an seinen Zeigefinger. »Wir prüfen Sauerstoff und Blutdruck«, teilten sie ihm mit.

Er dürfe in seinem Rollstuhl sitzen bleiben, solle sich aber nur ganz vorsichtig bewegen, damit der Apparat nicht umkippe. Bis morgen früh.

Frau Dr. Elly Rose sagte, sie würde aufpassen.

Hofbauer grunzte, er habe nun endlich genug. »Ich hau einfach ab!«

»Sie sind ein freier Mensch. Und das hier ist ein Krankenhaus.«

Die blauen Engel lächelten nachsichtig und reichten ihm einen Brief. »Von Ihrem Sohn.«

Es wäre besser gewesen, Hofbauer hätte ihn nicht sofort geöffnet.

*Hallo, Dad.*

*Wir können jetzt ein paar Tage lang nicht kommen. Im Internet wurden Dollar angeboten. Fast geschenkt. Das muss man ausnutzen.*

*Wir melden uns dann wieder.*

*Love, Bastian und Anna-Lisa.*

Hofbauer durchfuhr ein eisiger Schreck.

Er rollte zum Telephon und wählte die Nummer seiner Exfrau. Es war 17:10 Uhr, und natürlich war niemand zu Hause. Auch Bastians Handy schwieg.

Hofbauer hatte keine Ahnung, wie Anna-Lisa mit Nachnamen hieß. Also konnte er auch dort nicht anrufen.

Im Polizeipräsidium hieß es, Anita sei dienstlich unterwegs, ihr Handy gab keine Antwort.

Schließlich bekam er Axel Kluge an den Apparat, er wusste von Anitas Akten, was der Mann vom BKA vorhatte. Von Lotti Amandas Unternehmungen wusste er allerdings nichts.

»Hallo, hier spricht Hofbauer, Kriminalhauptkommissar, München. Zurzeit Bad Aibling.«

Er erzählte seine Geschichte, legte dar, dass seiner Meinung nach ein gewisser Zusammenhang zwischen den Morden an Warmuth und Bender und der Falschgeldbande bestehe und dass sein Sohn Bastian in großer Gefahr schwebe.

»Im Internet werden Dollar angeboten. Sehr günstig. Es könnte sein, dass Bastian da in irgendwas reingezogen wird. Ich mache mir ernstlich Sorgen.«

Axel Kluge reagierte seltsam. Er wünschte dem Kommissar zunächst gute Besserung. Und er wundere sich, woher Hofbauer all die Einzelheiten wisse. Außerdem seien die

Mitglieder der sogenannten Dollar-Connection unter strenger Kontrolle.

Und die Morde, ja, die Morde, eventuelle Zusammenhänge, das seien doch alles nur Vermutungen. Der Kollege Lichtlein habe sich Flora Warmuth noch einmal vorgenommen. Sehr interessant, in der Tat, sehr interessant. Wo denn dieses Bad Aibling liege?

»Bad Aibling liegt kurz vor Rosenheim«, rief Hofbauer unwillig.

»Rosenheim? Nie gehört.«

»Wann haben Sie denn vor, die Ganoven endlich festzunehmen?«

»Wir möchten die ganze Bande dingfest machen. Auf frischer Tat sozusagen. Und das dauert noch ein paar Tage.«

»Und Bastian? Was geschieht mit meinem Sohn?«

»Nun beruhigen Sie sich mal. Dem passiert schon nichts.«

»Ich mache Sie für alles verantwortlich, was mit Bastian geschieht. Hören Sie, für alles!«

Dann gab Kluge ein paar Floskeln von wegen väterlicher Verantwortung und hohem Blutdruck von sich. Was die Geldfälscher betreffe, habe das BKA die Angelegenheit voll im Griff, es sei schließlich nicht das erste Mal, dass man so etwas mache.

»Gute Besserung. Wir schaffen das. Mit links.«

Peng! Eingehängt!

Frau Dr. Elly Rose musste all ihre Überredungskunst aufbringen, um zu verhindern, dass Hofbauer nicht noch am gleichen Tag nach München fuhr.

»Ich bin gesund«, sagte er immer wieder. »Noch schwach, okay, aber wenn ich hier sitze und nichts tun kann, dann zerspringe ich.«

»Du musst deine Mitte finden.«

»Das hab ich schon mal irgendwo gehört.«

Sie knabberten am Abendessen herum, dann gingen sie, ohne Rücksicht auf Sauerstoff und alle anderen Werte, eine Runde spazieren.

»Sie bleiben heute Nacht bei mir«, flüsterte Hofbauer, als sie sich verabschiedeten. »Das hast du zu mir gesagt, weißt du's noch?«

Elly Rose nickte. »Nichts lieber als das«, antwortete sie.

Und dann verschwand sie in den langen, endlosen Gängen, um zu ihrem Auto zu gehen.

Am nächsten Tag regnete es, wie vom Wetterbericht vorausgesagt.

Randolf und Zinkgraf saßen Punkt halb eins in den Zirbelstuben. Fünf Minuten später polterte Blümel herein, in seinem Schlepptau Sirian.

»Was wollt ihr denn hier?« herrschte Randolf die beiden an.

»Geschäfte machen«, antwortete der Müllfahrer seelenruhig. »Meinst du, wir haben euer Gemauschel von gestern nicht mitgekriegt?«

»Die Dollar haben wir gebastelt, nicht ihr!«

»Ich habe sie, äh, gebastelt«, stellte Zinkgraf fest. »Außerdem finde ich«, sagte er zu Randolf, »dass du dich zu sehr nach vorne spielst. Wenn die Kleine jetzt dann kommt, führe ich die Verhandlungen, ist das klar?«

»Meinetwegen.«

»Und ihr beide verschwindet! Hier hat der Maurer ein Loch gelassen!«

Randolf öffnete die Tür.

»Wir bleiben.« Blümel drückte Sirian wieder auf seinen Stuhl zurück. »Sonst könnt ihr mal Bekanntschaft mit den Schandis machen.«

Randolf lächelte müde. Er holte die zerknitterte SZ aus seiner Jacke, ging zu Sirian hinüber und klopfte dem Albaner damit auf den Kopf.

»Pressegeil sind wir auch«, spottete er. »Hast du das Fernsehen schon bestellt?«

Sirian duckte sich. »Alles erfunden«, verteidigte er sich. »Alles Märchen. Ich habe Pressefritz nichts verraten.«

»Wo hast du die Dollar her?«

»Aus Papiersäcke.«

»Da sieht man mal wieder, wie dämlich ihr seid.« Blümel lachte dröhnend. »Warum habt ihr das Zeug nicht gleich zur Polizeistation gebracht?«

In diesem Moment betrat Lotti Amanda Korres den kleinen Raum. Sofort war es still.

»Entschuldigung«, rief sie zuckersüß, »ich hatte noch zu tun. Aber jetzt bin ich für Sie da.«

Randolf und Zinkgraf säuselten: »Aber das macht doch nichts, gnädige Frau. Wir haben Zeit, gnädige Frau.«

Sie schickten Sirian nach oben, einen Kaffee holen. Und zu Blümel sagten sie, er könne jetzt getrost wieder an seine Arbeit gehen.

Blümel aber dachte nicht daran. »Mir pressiert's net«, grinste er.

Randolf zögerte. Er war einfach nicht zu schaffen, den Kerl hinauszuschmeißen.

Er sprach vom Wetter, vom Regen, vom Föhn, so lange, bis Sirian mit der Bedienung erschien, die eine Tasse Kaffee brachte. Randolf hatte das ganz vergessen.

Als die Bedienung wieder gegangen war, sagte Frau Korres: »Sie wollten mir heute etwas zeigen?« Vornehm trank sie ein Schlückchen Kaffee.

»Aber selbstverständlich, Frau, äh, Torres.«

»Korres.«

»Natürlich!«

Bevor Zinkgraf es verhindern konnte, schnappte sich Randolf Zinkgrafs Mappe und blätterte einen Packen Dollar auf den Tisch.

Blümel bekam Stielaugen. Zinkgraf verzog ärgerlich den Mund. Sirian sagte, er habe so viel Geld sein ganzes Leben lang noch nicht gesehen.

Lotti Amanda nahm mit spitzen Fingern ein paar der Scheine, ließ sie durch ihre gepflegten Hände gleiten. »Ja, ja«, hauchte sie, »da ließe sich schon was machen.«

Ob sie ein paar der Banknoten mitnehmen könne?

»Ganz klar. Selbstverständlich. Kein Problem.«

Zwei Hunderter? Mehr wolle sie den Herren nicht zumuten.

»Nehmen Sie getrost drei!« Zinkgraf erinnerte sich daran, dass er ja ab heute den Verhandlungsführer spielen wollte.

Lotti Amanda ließ drei grüne Scheine in ihrem Handtäschchen verschwinden.

Man einigte sich auf einen weiteren Treff. Frau Korres tat kund, sie werde sich mit ihren Auftraggebern verständigen. Sie werde Herrn Randolf oder Herrn Zinkgraf anrufen.

»Herrn Randolf«, rief Randolf »ich bestehe darauf.« Er gab ihr seine Nummer.

»Herrn Zinkgraf«, sagte Zinkgraf und überreichte Frau Korres sein Kärtchen.

»Mei, seids ihr blääd«, schnaufte Blümel verächtlich.

Lotti Amanda amüsierte sich über Blümels köstliches Bayerisch.

Dann ging man Komplimente machend auseinander.

Drei Tage später kaufte Frau Korres den beiden alten Herren zweihundertfünfzigtausend gefälschte Dollar ab. Sie gab Randolf zwanzigtausend Euro, die er für sich behielt.

Zinkgraf tobte. »Ich bin der Künstler!« schrie er. »Das Geld gehört mir! Ohne mich seid ihr aufgeschmissen!«

»Du bist gar nichts«, schrie Randolf. »Die Maschinen stehen in meinen Garagen. Ich habe das ganze Inventar gekauft. Ich bin hoch verschuldet. Das Unternehmen war außerdem meine Idee.«

»Und der Trick mit dem doppelten Druckverfahren?«

»Geschenkt!«

Hastig zündete sich Randolf eine Zigarette an.

»Seit wann rauchst du Zigaretten?«

»Wenn ich nervös bin, rauche ich Zigaretten. Außerdem geht dich das nichts an!«

Randolf war eisern. Gierig fragte er Frau Korres, ob sie Nachschub brauche. Er habe noch genug Piepen auf Lager.

»Das Geschäft ist eventuell noch lange nicht zu Ende«, sagte Lotti Amanda. »Wir bleiben in Kontakt.«

»Sie haben ja meine Telephonnummer«, sagte Randolf zufrieden.

Blümel erhielt keinen Cent. Auch Sirian nicht.

Randolf war nicht mehr wiederzuerkennen.

Am 8. August wurde Hofbauer aus der Neurologischen Klinik entlassen.

Seltsam nervös, konnte er die ganze Nacht nicht schlafen. Als er endlich eingenickt war, kam die Nachtschwester, um sich von ihm zu verabschieden.

Es war sechs Uhr früh.

Er wusch sich, zog sich an und setzte sich zum letzten Mal ans Fenster, um noch einmal den Wendelstein in der aufgehenden Sonne zu betrachten.

Beim Frühstück schenkte ihm sein Nachbar eine Mohnsemmel.

Hofbauer sagte der Stationsärztin »Auf Wiedersehen«. Sie überreichte ihm einen fünfseitigen Ärztebericht, gespickt mit Fachausdrücken und dem Hinweis, den Schrittmacher regelmäßig prüfen zu lassen. Sie sagte, er sei ein sehr unruhiger und unduldsamer Patient gewesen.

Hofbauer bedankte sich für ihre Mühe und antwortete, er sei leider noch immer auf der Suche nach seiner Mitte. Er habe sie noch nicht gefunden.

Da er keinen Koffer dabei hatte, packte er seine Siebensachen in fünf große Plastiktüten.

Um elf Uhr gab er allen greifbaren blauen Engeln einen Kuss. Er fuhr mit dem Lift nach unten, um sich mit dem Taxi zum Bahnhof fahren zu lassen.

Auf dem Parkplatz vor dem Eingang, dort wo es streng verboten war, standen drei Autos mit Münchner Nummer.

Neben ihren Autos standen Claudia, Anita und Elly Rose.

Er kam sich vor wie Paris in der Troja-Sage.

Wem sollte er seine Plastiktüten überreichen?

Randolfs zwei Garagen, deren mittlere Trennmauer sie längst abgerissen hatten, war vollgestopft mit Computern, Scannern, Kopierapparaten, einer Siebdruckanlage und einer Offsetmaschine. Dazwischen türmten sich Stapel von Papier und Kisten voller Dollarnoten.

Die Garagen lagen in der Germeringerstraße 3a in Planegg.

Zinner und Lederer hatten das Depot auf einem ihrer Streifengänge entdeckt. Sofort hatte man Kluges Biertrinker vom Englischen Garten abgezogen und in dem gegenüberliegenden Haus einquartiert. Dort spielten sie Gäste des Würmtals, von denen einer immer sechs Stunden lang hinter dem Fernglas hing und, vom Vorhang versteckt, auf die andere Straßenseite starrte.

Autos und Lastwagen preschten mit einem Höllenlärm vorbei, es waren etwa siebzehntausend pro Tag, genauso wie Bodo Klotz es in seinem ominösen Falschgeldartikel in der Würmtal-SZ beschrieben hatte.

Am Dienstag, dem 12. August, elf Uhr, betrat Heinz Randolf seinen Lagerplatz in Begleitung von Frau Lotti Amanda Korres. Kurze Zeit später kam Hubert Zinkgraf, neben ihm ging Bastian Hofbauer, in Trainingshose und Trainingsjacke.

»Es geht los«, flüsterte der Mann vom BKA in sein Sprechgerät.

Randolf und Amanda Korres setzten sich an einen kleinen, staubbedeckten Tisch.

»Was willst du denn hier?« raunzte Randolf seinen Spezi an. »Und was hat der Sportler hier zu suchen?«

Zinkgraf gab keine Antwort.

Bastian, dem die beiden Rentner keinen Schrecken einflößten, sagte, es seien im Internet Dollar angeboten worden, unter dieser Adresse. Am Schluss des Angebots habe gestanden: Die Mail sofort löschen. Was er getan habe.

Randolf brüllte: »Welcher Idiot war das?«

Zinkgraf stammelte kleinlaut, er habe sich nicht mehr zu helfen gewusst, Randolf wisse doch, wie schwierig alles gewesen sei, bis vor kurzem, da habe er, Zinkgraf, zu diesem letzten Mittel gegriffen.

Bei diesen Worten sahen die beide Herren entsetzt zu Amanda Korres hinüber, die aber so tat, als gehe sie das alles gar nichts an.

»Gib ihm einen Zehner, und er soll verschwinden«, rief Randolf sichtlich aufgeregt.

»Ich geb ihm einen Hunderter.«

»Einen Zehner.«

»Meinetwegen.«

Zinkgraf lächelte verlegen, drückte Bastian eine Zehn-Dollarnote in die Hand und schob ihn Richtung Tür.

»Ich brauche aber mehr. Ich möchte mit meiner Freundin nach Hollywood fliegen.«

Bastian hob ein paar Euroscheine in die Höhe.

»Raus!«

Und mit erstaunlicher Gewalt bugsierten ihn die beiden Ganoven nach draußen.

»So wächst die Jugend heran«, rief Randolf zornig.

Er setzte sich wieder an den Tisch. »Tut mir leid«, er lächelte Amanda Korres entschuldigend an. »Wie ich so alt war, na, ja, lassen wir das. Machen wir uns ans Geschäft.«

»Ich bitte darum.«

Randolf kam sofort zur Sache.

»Sechs Millionen Dollar gegen eine Million Euro«, sagte er. »So haben wir's beim letzten Mal ausgemacht.«

»Einverstanden.«

Frau Korres versuchte gar nicht erst zu handeln. Spätestens hier hätte Randolf stutzig werden müssen. Aber seine Gier nach dem Geld war unerbittlich.

Ein paar Schachteln mit Dollar und ein dicker Stoß Euro wechselten den Besitzer.

»Bitte nachzählen«, rief Randolf höflich. Und mit einem fast unhörbaren Zittern in der Stimme.

»Das machen meine Leute«, sagte Amanda Korres.

Randolf stand auf, ging zum Kühlschrank und holte zwei Gläser und eine Flasche Sekt. Er öffnete die Flasche und schenkte ein. »Auf gute Geschäfte!«

»Cheers!«

Sie tranken sich zu.

Randolf starrte mit glänzenden Augen auf die Euroscheine, die vor ihm auf dem Tisch lagen. Endlich! Endlich hatte er echte Piepen!

»Tja, ich geh dann mal.« Amanda Korres stopfte die Dollar in eine dicke Aktentasche. »Ich hoffe, es war nicht unser letztes Geschäft«, sagte sie.

»Ich bin immer für Sie da«, stotterte Randolf. Er begleitete Amanda zur Tür. »Servus«, sagte er, nicht gerade passend.

»Tschüss!«

Zuletzt gab es ein bezauberndes Abschiedslächeln von Amanda Korres. Sie ging nach draußen, wobei sie sorgfältig darauf achtete, dass die Tür geschlossen wurde. Sie trat an den Straßenrand und sah hinüber zu dem Haus, in dem die BKA-Leute hinter ihren Ferngläsern standen. Ein kurzes Handzeichen, dann ging sie zu ihrem Auto.

In seiner Werkstatt zündete sich Randolf eine Zigarette an, steckte sie in den Mund und schlürfte genussvoll seinen Sektkelch leer. Er zog einen Flachmann aus der Jackentasche und ein Likörglas und goss den Likör in das kleine Gefäß.

Er reichte das volle Likörglas seinem Freund Zinkgraf, der sprachlos neben dem Tisch stand.

»Nun, werter Herr Künstler«, sagte Randolf. »Jetzt komm ich zu dir.« Er lachte böse. »Du gehst mir schon lange auf den Wecker. Du bist ein Zinkgraf zu viel für mich. Nimm einen Schluck Aprikosenlikör. Unseren Freunden Warmuth und Bender hat er auch geschmeckt. Sie haben ihn anstandslos getrunken.«

Eine kleine Pistole blinkte in Randolfs Hand. Er stand da, mit flackernden Augen und falsch zugeknöpftem Hemd.

»Das Geld gehört mir«, sagte er kalt. »Mir ganz allein! Ich werde mit niemandem teilen, das verspreche ich dir.«

»Das ...«, stammelte Zinkgraf, »das kannst du doch nicht machen.«

»Und ob ich das kann. Ich bin nämlich nicht so blöde, wie ihr alle meint. Ich bin auf Draht, schon immer gewesen.«

Ein Schuss krachte.

Randolf sank zu Boden.

In der Tür standen die beiden Männer vom BKA.

»Das war aber höchste Zeit«, sagten sie. »Schöne Freunde habt ihr hier, alle Achtung!«

Zinkgraf war unfähig, eine Antwort zu geben.

Drei Tage später saßen sie im Planegger Bräustüberl und aßen Bauernente mit Blaukraut. Die Leute von der Kripo und die vom BKA.

»Manchmal denk ich mir, es lohnt sich tatsächlich, in Bayern zu wohnen«, sagte Kluge kauend.

»Da sind Sie nicht der Einzige«, lachte Hofbauer.

Kluge berichtete, man habe in einer Ecke von Randolfs Werkstatt zwei Fläschchen Somnifen gefunden. Und man habe die DNA seiner Chesterfield mit jener der an den Tatorten gefundenen Kippen verglichen. Es sei nicht einfach gewesen. Aber mit an Sicherheit grenzender Wahrscheinlichkeit seien die Spuren identisch.

»Außerdem haben wir ja ein schönes Geständnis«, setzte Amanda Korres hinzu, die sich wieder in eine Polizistin verwandelt hatte.

»Bei Zinkgraf haben wir knapp zwei Millionen Dollar gefunden.« Oberamtsanwalt Lerche nahm sich noch einmal von dem Blaukraut.

»Sirian hatte zehntausend Grüne in seinem löchrigen Schlafsack versteckt. Wer will noch Nachschub?«

Sie schüttelten den Kopf.

»Bei Blümel fanden wir eine halbe Million. Wo er die herhat, ist uns ein Rätsel. Nur Ismail war brav und ehrlich. Er hat keinen einzigen Dollar geklaut. Insgesamt haben wir knapp vierzehn Millionen sichergestellt. Ein phantastischer Fang. Sowas ist noch nie dagewesen.«

»Da hätte Randolf ja noch einiges zu erledigen gehabt. Bei seiner Habgier. Wie geht's ihm denn eigentlich?«

»Er liegt in einem Krankenzimmer von ... wie heißt das? Klinikum Großhadern, glaube ich. Seine erste Frage nach der Operation war: ›Wo sind meine Euro?‹«

»Wenn er in Großhadern liegt, kann er ja gleich einen schönen Gruß von mir ausrichten. An eine gewisse Frau Dr. Elly Rose.«

Hofbauer lachte still in sich hinein. Dann bestellte er eine Runde Apfelkücherl.

»Ihr habt das alles prima gemacht«, erklärte er neidlos. »Ich stelle fest: Ihr braucht mich gar nicht mehr.«

»Und ob wir Sie brauchen, Chef. Und Bastian braucht Sie.«

»Das stimmt. Jetzt ist er schon in Amerika. Mit seiner Liebsten und mit meinem Geld.«

»Da hätte er ja die Dollar gut verwenden können.«

»Aus dem Internet. So dumm kann man nur sein, wenn man jung ist. Oder alt. Oder verliebt.«

Hofbauer bestellte sich einen Cappuccino.

»Die Ärzte haben mir meine Honigbrezeln verboten«, klagte er. »Weil ich grenzwertig Zucker habe.«

»Da wartet ein hartes Leben auf Sie, mein lieber Chef«, sagte Anita.

WALTHER HOHENESTER IM SCHARDT VERLAG

Br. 207 S., 12,80 €, ISBN 978-3-89841-195-0

Br. 197 S., 12,80 €, ISBN 978-3-89841-251-3

Br. 192 S., 12,80 €, ISBN 978-3-89841-313-8

Br. 207 S., 12,80 €, ISBN 978-3-89841-383-1